ゲーテ、その愛

――「野ばら」から『ファウスト』の
「グレートヒェン悲劇」まで――

溝井高志 著

晃洋書房

目次

はじめに

近代以降の文豪といえば、イギリスのシェークスピア、ロシアのトルストイ、ドストエフスキー、そしてドイツのゲーテの四人を挙げることができよう。ドイツからは、音楽家のバッハ、ベートーヴェン、宗教家のマルティン・ルターといった多士済々の人物が排出している。とは言え、ゲーテはまぎれもなくドイツを代表する人物である。文学に限っていえば、ドイツのそれまでの文学がゲーテにおいて一つの頂点に達し、またそこから後の文学が流れ出していったという意味で、ゲーテは一つの大きな峰を形作っている。さらに、他のドイツの文化への影響においてもゲーテの果たした役割は計り知れない。

しかし、そのゲーテも近年わが国において、決して馴染みのある存在ということはできない。第二次世界大戦後、アメリカの占領下、日本の文化が次第にアメリカナイズされていく過程で、ゲーテの名が日本において語られることは少なくなり、特に、若い人たちにおいて、それは著しく、その名さえ知らない人が多くなった。ましてやゲーテの作品を自ら手にする若い人たちは皆無に等しい。しかしそのゲーテも、わが国において、明治期から第二次世界大戦の時期にかけては、他の国において類を見ないほどの愛好者を見、ゲーテを知らない知的エリートはいなかったといって過言ではない。

そのゲーテの名が広くわが国に知れ渡った理由としては、ゲーテを生んだドイツと日本に類似した歴史があったことが挙げられる。わが国は、二〇〇年を越える江戸時代の鎖国によって世界の潮流から取り残されていたが、江戸末期に開国を迫られ、やむなく海外に門戸を開くことになった。それ以降、日本は激しい世界の歴史の潮流の中に巻き込まれ、西洋の先進諸国に追いつき追い越せの国策を取らざるをえなかった。ドイツもまたかつて「神聖ローマ帝国」としてヨーロッパの中枢を担う国であったにもかかわらず、マルティン・ルターの宗教改革以後、国内の対立と分裂は激しく、特に三十年戦争において人口の三分の一を失うまでに過酷な歴史を体験した。それによって、ドイツもまたフランス、イギリスといった中央集権的な国家体制をとる西洋列強の後塵を拝さざるをえない歴史的な経緯をたどった。しかしドイツの北に新興国プロイセンが台頭し、オーストリアにとって代わってドイツをリードするに及んで、ドイツは再び統一国家として頭角をあらわし、西洋列強の中に食い込むにいたる。それを見た明治期のわが国の要人は西洋列強に追いつくための範をドイツに求め、ドイツから多くのヨーロッパの文化を吸収することになった。それは、政治、経済、法律、工業、医学のみならず、音楽、文学にまで多岐にわたっている。

ドイツ文学は、医学を勉強するためにドイツに渡り、結果的にドイツ文学に精通した森鷗外によって広く日本に紹介されることになった。とりわけ、ゲーテの名が広く知られるようになったのは、彼のゲーテの『ファウスト』の翻訳が極めてすぐれたものであったためである。森鷗外の功績なくして、ゲーテがこのようにわが国において多くの愛好家を見出すことはおそらく不可能であったろう。

ゲーテの名が日本に広く知られるようになったもう一つの要因として、文部省唱歌が挙げられる。とりわけ、ゲーテの詩、「野ばら」はシューベルト、ヴェルナー作曲を通して、日本国民に広く膾炙《かいしゃ》されることになり、ゲーテの作品を読まぬ者すらも、その唱歌を通してゲーテの名を知ることになった。またシューベルトの名曲「魔王」もゲーテの名を広く知らしめることに力があった。

日本ほどにゲーテが愛され、ゲーテの作品が紹介、翻訳され、ゲーテについて書かれる書物が跡を絶たない国はないと言っていいだろう。『若きヴェルターの悩み』、『ファウスト』にいたっては、これまでにそれぞれ四五点を越える訳書が公刊され、現在も数種類の翻訳が刊行されている。一九九九年のゲーテ生誕二五〇年には、それを記念して、三種類の『ファウスト』の翻訳本が刊行された。『ゲーテ全集』もまた、これまでに聚英閣、木村書店版、丁字屋書店、育生社等によって出版され、現在もまた人文書院、潮出版によって刊行されている。二種類の翻訳全集が現在も出版され続けている国は日本以外にはありえないのではなかろうか。

ロッテ製菓の「ロッテ」の名称がゲーテの『若きヴェルターの悩み』のヒロインの名前から由来していることも、日本でのゲーテ人気を裏書きするものであり、第二次世界大戦中、明日の命も知れぬ特攻隊兵がゲーテの『ファウスト』をつねに懐にし、日々愛読していたという語り草もまたわが国におけるゲーテ人気を証明するものであろう。さらに、わが国におけるゲーテ愛好家として、粉川忠氏の名を忘れてはならない。氏は味噌製造機の製造販売に成功した実業家であられたが、それによって築いた私財を敬愛するゲーテのためになげうって、東京都北区西ヶ原に世界でトップクラスの規模の「ゲーテ記念館」を個人で創設されたことは、日本でのゲーテ愛好を示す一つの稀有な例であろう。私もまた一日、氏に館内を案内していただいたが、氏のゲーテへの強い愛着の想いを真近に見せていただき、ここまでゲーテを神とも仰ぐ敬愛の念を示される方はわが国においても空前にしてまた絶後と言っていいのではなかろうか。

筆者とフランクフルト市内のゲーテ像

このように日本においてゲーテが愛されつづけてきた理由はどこにあるのであろうか。その理由として、まず第一に、ゲーテの作品が人をして生きる勇気を鼓舞し続けてきたということ、第二に、彼が非生産的なものを嫌悪し、常に前向きに人生を生きた人であったということが挙げられる。第三には、彼が常に否定的な世界観を克服することに努めたことが挙げられよう。決して彼は楽観的な人間ではない。常に死を思う悲劇的な性情の人であった。にもかかわらず常にそれを克服し、生きる意志を貫き通した人であった。結局はそれが生きる勇気を人に鼓舞しつづけた大きな要因にもつながっている。さらに第四に、特にわが国においてゲーテがかくも愛された要因として、彼の極めて東洋的な世界観が挙げられよう。

そもそも、東洋的世界観とはどういうものであろうか。それは一言で言えば、一元的世界観、あるいは汎神論的世界観と言うことができる。それは、山川草木、すべての自然の中に聖なる生命の息吹を感じ取る直観にある。およそ生きているようには見えない岩石にさえも命が宿ると考え、その岩石を神の依り代として注連縄《しめ》を飾ったわれわれの古人の自然観にも通じるような世界観を、われわれはゲーテの中に明瞭に看ることができないであろうか。それに対して、伝統的な西洋的自然観とは、無限と有限、永遠と時、聖なるものと俗なるものをどこまでも截然と区別する二元的世界観にある。神はどこまでも崇高であり、高きにまします隔絶した存在であり、それに対して、被造物は罪の中に貶められる。

精神と物質という概念もまた二元的な西洋的な世界観、自然観なしには考えられない。そもそも東洋人、日本人に物質という観念はなかった。したがってまた、東洋においては、物質文明が栄える余地もありえなかった。物質文明は、自然を物質という無機的存在として抽象化して捉える西洋文明の中でしか発達しようがなかったと言うべきである。たとえば、昨今の臓器移植をとってみても、肉体の一部を機械の部品のように調達し、臓器を入れ換えるという発想はかつてのわが国においてはありえない発想であった。本来、生きた有機体としての肉体がそれに対して拒絶反応を起こすのは当然と言うべきであろう。自然は単なる物質ではない。肉体はつねに有機体として全体的な生命の働きの関連の中に生きている。こういう考え方がゲーテ的な世界観の核心にある。ゲーテは常に自然の中に精神の癒しを求めた。ここにもまたわれわれ日本人の国民性にきわめて類似した精神がある。

ゲーテは『聖書』の中のイエス・キリストには終生変らぬ敬愛の念を抱き続けた人であったが、自然と人間の中に聖なるものを見ることをしない、被造物としての自然と人間を貶めるキリスト教的な神学、伝統、観念には常に違和感を抱き続けた人であった。ゲーテは、キリスト教の「原罪」という観念を極度に嫌った。ゲーテは、むしろ東洋的な世界観に常に親しみを覚えた人であった。

また、ゲーテがわが国において親しまれ、愛されてきた要因として、彼の多彩を極めた女性遍歴をわれわれは見逃すことができない。

第1章

ゲーテの生涯と女性遍歴

ゲーテの人生は、青年期、中年期、老年期の三つの時代に完全に区分することができる。ゲーテはそれぞれの時代にその時期にふさわしい女性と出会い、それらの女性に触発されるかたちで彼の作品が生まれたと言って過言ではない。その作品の背後には必ずある女性を特定できるとさえ言うことができる。もちろん、最晩年に完成された人生の総決算とも言うべき『ヴィルヘルム・マイスターの遍歴時代』、あるいは『ファウスト第二部』といった作品はその限りでない。

ゲーテは一七四九年八月二八日にフランクフルトに生まれ、そこで幼・少年期を過ごし、一六歳の時にライプツィヒ大学に遊学する。しかしそこで病いを得て、帰郷し、フランクフルトで過ごした後、再度、当時すでにフランス領であったシュトラースブルク（現、ストラスブール）に遊学する。その後、しばしフランクフルトで弁護士稼業にたずさわった後、ヴェツラーへと赴く。さらに、フランクフルトに帰り、最後にワイマールへと向かう。この二六歳までの期間を、若いゲーテの時代と呼ぶことができよう。この時代をまた疾風怒濤期とも言い、この時代に、若々しい情熱の噴出する数々の詩と『若きヴェルターの悩み』、『初校ファウスト』といった作品が書かれた。

この時代に出会った女性としては、フランクフルト時代のグレートヒェン、ライプツィヒ時代のケートヒェン、シュトラースブルク時代のフリーデリケ・ブリオン、ヴェツラー時代のシャルロッテ・ブッフ、最後のフランクフルト時代のリリー・シェーネマンを挙げることができる。特に、後者の三人が特筆される。

フリーデリケ・ブリオンとの恋は青年期のゲーテにふさわしい清純な恋であり、彼女はゲーテの生涯に決定的な影響を与える。後に、彼女はその思い出の記念として『ファウスト』のグレートヒェン像に結実し、彼女のゲーテ文学に与えた影響は計り知れない。

シャルロッテ・ブッフには、ゲーテが知りあったとき、すでに婚約者がいて、その恋は当初から叶わぬ恋であった。彼女はゲーテの代表作の一つとも言うべき小説『若きヴェルター の悩み』の中のヒロインとして

フランクフルト・アム・マイン

フランクフルトのゲーテの生家

ワイマールのゲーテの家

永遠にその姿をとどめている。

リリー・シェーネマンとの恋はゲーテにとって特に苦しい恋であった。最も強く抗い難くその魅力に牽引されながら、また最も強くその牽引力から逃れようとした恋であった。ゲーテは彼女と婚約までしながら、結局は彼女のもとから逃走せざるをえなかった。この恋において、ゲーテは、苦しい、と同時に陶酔感に満ちた疾風怒濤期の彼にふさわしい情熱の嵐を最も激しく体験した。

中期のゲーテの時代は、ワイマールに移り住んで以降、二年間にわたるイタリアへの逃走の時期をはさんで、シラーと出会い、そしてシラーと死別するまでの三〇年に及ぶ時代を言う。この時代に出会った女性としては、シュタイン夫人と、内縁の妻から、後に正式な妻となったクリスティアーネ・ブルピウスが挙げることができる。この時代のゲーテはまた、古典主義時代のゲーテにあたり、この時代の作品としては、特にシュタイン夫人との恋を歌った詩、そして彼女にまつわる『タッソー』、クリスティアーネ・ブルピウスとの恋情を歌った『ローマ悲歌』、『ヴィルヘルム・マイスターの修業時代』、『ファウスト第一部』などを挙げることができる。しかし、このような文筆活動の多くは政務のかたわらになされたものであった。ゲーテがワイマールに移り住んだのは、ドイツの一公国、ワイマールの王子、アウグスト公が熱心にその宮廷に招聘したのがきっかけであるが、ワイマール時代の初期は、アウグスト公を補佐するかたちで枢密顧問官としてもっぱら政務に携わる。この時期は、詩人としての私的な生活よりもむしろ公人としての生活が中心となり、特に、この最初の一〇年間は、ゲーテが詩人としての自分の資質に無理を強い、あるいは犠牲を強いた時代でもあった。そのため、この時代は、ゲーテにとって、精神的には枯渇し、詩人としては不毛な、苦渋に満ちた時代であった。しかしまた、政治、自然科学といったそれまでの詩人としての生活とは全く異質な世界に触れることによって、幅広い自己形成、人間形成が行われた時代でもあった。

この時代にゲーテが出会ったシュタイン夫人との恋は、それ以前の疾風怒濤期の情熱の嵐によって精神が引き裂かれ、難破しそうになったゲーテがしばし心の慰安を求めた恋であったと言うことができよう。疾風怒濤期の情熱的な恋というよりも、情熱を沈静・抑制させた、非官能的な大人の恋、自然児ゲーテの野生が、しばし静謐を求めた恋であった。この時代はまた、ゲーテ的なるものが影を潜め、ゲーテらしさが退行した時代でもあった。

しかし、ワイマールの宮廷での実務的な仕事の明け暮れに精神的に疲弊し、さらには、シュタイン夫人とのあまりにも不自然に精神性を強いられ、官能を封じられた恋への反動から、ゲーテは一七八六年、三七歳の時に、イタリアへと逃走する。イタリアにおいて、ゲーテはワイマールでの疲れた心を癒し、詩人としての再生をはかる。あるいは、南国イタリアでの生活を通して、ゲーテは自身の中にある抑え難い自然と官能への欲求を再び回復させる。

二年後、ふたたびワイマールに帰ったとき、ゲーテはすでにワイマールにおいて異邦の人であった。特に、自然の野性を取り戻し、官能を回復したゲーテと、およそ官能性に乏しいシュタイン夫人とはもはや相容れることのない間柄になっていた。そこに現れたのが、造花工場で働いていた、およそ何の教養もない、シュタイン夫人とは全く対照的な自然児そのままのクリスティアーネ・ブルピウスであった。そして彼女と結ばれる。すでにワイマールにおいて要職についていたゲーテにとって、それは大変なスキャンダルであった。そのために、彼は長くクリスティアーネを正式の妻として迎えることができなかった。このクリスティアーネによって、ゲーテは最も率直に、心おきなく自分の官能性を満喫し、解放する。その屈託のない官能の解放の喜びが、『ローマ悲歌』においておおらかに歌われる。これはきわめて稀有なエロティックな愛の賛歌である。

この中期ゲーテの作品としてさらに見逃してならないのが、『イタリア紀行』であることは言うまでもない。

晩年のゲーテは、ワイマール時代のシラーとの死別からゲーテの死までの時期にあたる。ドイツ古典主義文学の時代の一翼を担ったシラーの死後、ゲーテは一人静かに老境の文学的世界に沈潜していく。この時代のゲーテの文学は神秘的な色彩を帯びると同時に、再び若々しい豊穣の時を迎える。晩年に、ゲーテは再び不死鳥の如く蘇り、この時代にゲーテは若々しい官能と精神性を回復し、詩人らしいゲーテとして再生する。老いていよいよ若々しくなるゲーテの魅力を、この時期のゲーテにおいてわれわれは堪能する。晩年期のゲーテには、老境に達しなければわからぬような、恐るべきエロスへの洞察がうかがわれると言うことができないであろうか。しかし、私もいまだその時期のゲーテについて語る資格をもってはいない。

ワイマール郊外のゲーテの山荘

晩年のゲーテにとっての重要な女性としては、ミンナ・ヘルツリープ、マリアンネ・フォン・ヴィレマー、ウルリーケ・フォン・レヴェツォーの三人を挙げることができる。この時期に残された代表的な作品として、『親和力』、『西東詩集』、『情熱の三部曲』がまず挙げられるが、これらの作品は、その三人の女性との出会いから生まれた作品であった。特に、ウルリーケ・フォン・レヴェツォーはゲーテ七二歳の時に知り合った女性で、当時、彼女は一七歳であり、二年後、七四歳の時に、すでに妻に先立たれ独身であったゲーテは、当時まだ一九歳であったウルリーケ・フォン・レヴェツォーに結婚を申し込み、断られる。この老いらくの恋を最後に、ゲーテのエロスは燃え尽きる。その体験の中から、最後のエロスの燃焼とも言うべき『情熱の三部曲』の中の「マリーエンバートの悲歌」が生まれる。

ゲーテはしばしば躁鬱質の人であったと言われる。ゲーテを精神病理学の研究の対象とし、精神病理の視点からゲーテを考察した文献もあるほどである。そして、その精神状況はしばしば彼の恋と深く連動している。精神の高揚期、躁状態の時に、ゲーテはしばしば恋をし、精神の停滞期、鬱状態の時には、ゲーテは恋をすることがなかった。また、精神の高揚期に、恋に触発されるかたちで、創作意欲、創造意欲が高められ、その中からしばしば傑れた作品が生み出された。そういう意味で、恋する女性はゲーテにとってまさにミューズ（文芸、学芸、音楽、舞踏の女神）であった。ゲーテの人生は、エロスによって高められ、また深められた生と言うことはできないであろうか。恋を通して、ゲーテは生きることの喜びと悲しみを知悉していったとも言うことができる。その代表的な恋の一つが、フリーデリケ・ブリオンとの恋、いわゆるフリーデリケ体験であった。

第2章　フリーデリケ体験

一　フリーデリケと「野ばら」

フリーデリケ・ブリオンとの出会いと恋の体験の中から生まれた詩のいくつかが、いわゆる「ゼーゼンハイムの小曲集」として残っている。「野ばら」、「逢瀬と別れ」、「五月の歌」、「花を描いたリボンに添えて」といった詩がそれで、それらは、ゲーテが、当時フランス領であったシュトラースブルク（現、ストラスブール）大学に遊学中に、たまたま訪れたシュトラースブルク近郊のゼーゼンハイム（現、セッセンハイム）で生まれた詩群であった。

当時、ゼーゼンハイムと呼ばれたこのセッセンハイムは、現在、アルザス・ロレーヌ地方の中心都市、ストラスブール（シュトラースブルク）から電車で二〇～三〇分ほどの片田舎にある。

ここは、フランス領になった今でも、結構、ドイツ語が話されている一画で、ゲーテとフリーデリケ・ブリオンの恋を記念する村としてゲーテ巡礼者が一度は訪ねるべき所となっている。私もまた、一九八八年、この村を訪ねたとき、一歩足を踏み入れるや、あたかも自分の旧知の女性の村を訪ねたかのようなときめきと懐かしさを覚えたものである。しかし、この村はなんということもない村で、フリーデリケがいなければ、ゲーテにとってはなんの変哲もなかった村であろうし、私にとってもどうこう言うような村ではなかったであろう。しかし平凡なこの村が、ゲーテの筆によって、彼の自伝的小説、『詩と真実（Dichtung und Wahrheit）』の中では、何と魅惑的に語られていることであろうか。

一七七〇年、ゲーテは、ライプツィヒ大学では思うにまかせなかった法律の勉強のための遊学の地として、現在ストラスブールと呼ばれるこのシュトラースブルクを選んだ。このシュトラースブルクは一二世紀創建といわれるゴシック様式の大寺院を残す町として有名で、この町は、ローマ帝国が、ドイツ人の祖先であるゲルマン人の一部族であるアレマン族の手に落ちて以来、ずっとドイツ人の町であった。しかし、一六八一年、フランス軍が占領後、この町は、フランスのルイ一四世に帰属することになり、フランス領となる。一八七一年には、普仏戦争（ドイツのプロイセン対フランスの戦争）で、ドイツのプロイセンがフランスに勝利して、ここは再び、ドイツ領となる。ところが、一九一八年に、第一次世界大戦でドイツは敗れ、この地はまたしてもフランス領になる。一九四〇年には、そのナチス・ドイツがフランスに侵攻し、この地は再びドイツ領になる。しかし一九四五年、第二次世界大戦で、そのナチス・ドイツがアメリカ、イギリス、フランス、ソ連の連合軍に敗れたため、最終的にこの地はフランス領になり、現在にいたっている。この数奇な運命をたどったこの町を象徴的に描いたのが、有名なドーデーの短編小説、『最後の授業』であった。

この『最後の授業』は、一八七〇～一八七一年の普仏戦争で、ドイツのプロイセンがフランスに勝って、フランスのアルザス・ロレーヌ（ドイツ名、エルザス・ロートリンゲン）地方がドイツに併合されてしまった時の、明日からは村の小学校で「国語」がフランス語からドイツ語に変えられてしまう最後の一日の物語である。とあるアルザス地方の村の小学校の「国語」の時間に、先生は、明日から「国語」の授業がフランス語からドイツ語に変えられてしまうのを嘆き、世界中で一番美しい言葉であるフランス語を決して忘れないように子供を諭す。先生は悲しみのあまり、最後には言葉が出なくなり、やむなく黒板に向かって、ただ大きく「フランス万歳」と書くという愛国的な心情にあふれた感動的な物語である。

しかしおかしなことに、このあたりは昔からドイツ語の方言であるアルザス語が日常的に話されていた地域であり、この土地の人は、無理やり「国語」としてフランス語を習わされていた。現に、小説の中でも子供達は決してフランス語は得手ではないし、今も、この地域ではドイツ語を話せる人は多い。かつてフランス語を勉強しに行くのには、一番不適当な町とも言われた。

このアルザス・ロレーヌ地方のかつてシュトラースブルクと呼ばれた町に、ゲーテが遊学のために訪れたのは、『最後の授業』よりもっと以前の、それまでドイツ人の町であったこの町がフランス軍に占領されて、フランス領になってそれほど時間がたっていない頃のことであった。

現在のストラスブールも、ドイツ風の木組みの家が密集し、町のたたずまいは極めてドイツ的である。ゲーテにとって、法律を勉強しに行くというのは建て前で、その本音は、父親から自由になりたいという思いと共に、フランス語を勉強しに行くことにあったが、当時は、ドイツ領からフランス領になって間もない頃ということもあって、ここはいまだ、ドイツ文化の伝統が色濃く、この地でかえってゲーテは、逆に、「ドイツ的なるもの」に目覚めるきっかけをつかむ。とりわけシュトラースブルクのゴシック様式の大聖堂を見て、彼は魂の震撼させられるような衝撃を覚え、ゴシック的なるものこそがドイツ的だと断言するにいたる。ゴシックとは、ゲルマン民族のゴート族風ということであるのだから、ゲーテの直観はあたりまえと言えばあたりまえであるのだが、たしかに、ここの大聖堂がゲルマン的な深い精神性、内面性をたたえていることは事実である。もっとも、他のドイツのゴシックの大聖堂に見られない流麗さ、繊細さが見られる点では、フランス的と言えなくもないが、他のフランスの寺院に比べると、やはりゲルマン的な荒々しい野性と精神性を深くたたえている。

このシュトラースブルクでの遊学中に、ゲーテは、友人とその近郊の片田舎、ゼーゼンハイムに遠出し、そこで知り合った村娘のフリーデリケ・ブリオンと恋に落ち、そこから生まれたのが、かつての文部省唱歌で有名な、多くの日本人が知っている「野ばら」であった。

わらべは見たり、可憐なばらを
荒れ野のばらを
若く清《すが》やかな美しさ
まじかく見んとかけよって
わらべは見たり、喜びあふれ
ばら　ばら　紅ばら
荒れ野のばらよ

わらべは言った　おまえを折るよ

荒れ野のばらよ
野ばらは言った
いやです　あなたを刺します
あなたがわたしを忘れぬように
ばら　ばら　紅ばら
荒れ野のばらよ

だけどわらべは折りました
野に咲くばらを
ばらはふせいで刺したけれど
嘆き　叫びのかいもなく
ばらは折られる運命《さだめ》でした
ばら　ばら　紅ばら
荒れ野のばらよ

この詩は、エルザス（アルザス）地方に残る民謡に素材を取った単純素朴な可憐な詩であるが、これは、多くの作曲家の創作意欲を刺激し、一五〇を越える曲がこの一つの詩に付けられたと言われている。ベートーヴェンが、ブラームスが曲を付けている。それらの詩が元、信州大学教授であられた坂西八郎氏を中心とする内外の関係者によって発掘され、そのうちの九一曲が楽譜帳に収められ、『楽譜「野ばら」九一曲集』として、岩崎美術社から出版されたことはわれわれの記憶に新しい。しかし現在はシューベルトとヴェルナーの曲が広く一般的に知られ、日本では、「わらべは見たり、野なかのばら、朝とく清く、嬉しや見んと……」という近藤朔風の訳詞によって、広く歌い継がれている。

この詩は、エルザスの片田舎、ゼーゼンハイムに見つけた清純、可憐な、野ばらとおぼしき少女との十カ月程の愛の交換の日々から生まれた詩であった。しかし、その至福な愛の日々にもかかわらず、やがてその恋も終わりの時を迎え、その恋人のもとを立ち去ることになるが、その時のゲーテの苦汁、割りきれぬ思い、彼女への負い目、そういったものが、ない交ぜになりつつ、この詩で、さりげなく、哀切の思い豊かに表現されている。その素朴な詩の調べがかえって一層われわれを哀切の思いへと誘う。

フリーデリケ・ブリオンとの出会いと別れは、『詩と真実』で叙情豊かに描き出され、この小説の一つのクライマックスになっている。ここでは、ゲーテは抑制された口調で、仰々しくは語らない。その口調は意識的に抑制されたものになっており、ゲーテはその思い出をいとおしみつつ、口にするのを憚るかのように、その口調はためらいがちに、その別れの記述すらもきわめて淡々とさりげないものになっている。

このような衝動と混乱の中にあっても、しかしわたしはもう一度、フリーデリケと会わずにはいられなかった。それは辛い日々であった。その思い出はわたしにはもう残ってはいない。わたしが彼女に馬から手を差し伸べた時、彼女の眼には涙が浮かんでいた。わたしは胸塞がれる思いがした。（『詩と真実』より）

しかし、ゲーテの心の傷跡は意外に深く、彼の心には終生、離れることのないわだかまりが、割りきれない、釈然としない思いが残る。しかし「ゲーテの一生の中でもかけがえのないこの日々、ことあるごとに彼はこのフリーデリケとの幸せな日々の思い出へと帰っていく」（エミール・シュタイガー）。この上なく幸福な思いと悔恨の苦い思いが彼の人生の通奏低音となって、彼の心の奥底に、以後、鳴り響き続ける。

この時期は、ゲーテの天才、本性が覚醒、開花した時期、「ゲーテ的なもの」が発火した時期、ゲーテ的な魂の鉱脈が掘り当てられた時期であるが、それが可能になったのは何よりもフリーデリケとの出会い、恋を通してであった。これ以降、ゲーテは、それまで彼が培ってきた知的教養、精神的な粉飾をかなぐり捨て、赤裸々に自らの精神の律動（リズム）を直裁に表現するようになる。かくてこの時期は、疾風怒濤期のゲーテの創造の源泉ともなった時代であるが、しかし同時にまた、ゲーテ的な悲劇の萌芽が鮮明になった時代でもあった。

この時代の意義を語るためには、いまだゲーテの魂の鉱脈が掘り当てられることなく、それが窒息していた時代、すなわちシュトラースブルク時代に先立つ、それ以前のライプツィヒの時代に照明があてられなければならない。

二　ライプツィヒ時代

ライプツィヒ時代は、ゲーテがはじめて親元のフランクフルトから離れ、一人異郷に身を置き、ライプツィヒ大学で勉学にいそしんだ時期であった。しかし、ライプツィヒ大学は必ずしも彼が希望する大学ではなかった。父親のたっての希望もあり、彼自身はともかくも親元を離れたかったために、妥協してライプツィヒに赴く。父親はゲーテにライプツィヒ大学で法律を勉強させようと考えていたが、彼は当時ドイツでまあまあ高名であったゲラート、あるいはゴットシェットの講義を聴講してひそかに文学の勉強をやることをもくろんでいた。

当時のライプツィヒ大学は、フランス風の啓蒙主義的な考え方が支配的であったが、情感的なものを重んじるドイツ的な精神風土に対して、そのフランス風の啓蒙主義は理知的であることを何よりも優先させていた。その風潮に、ゲーテはどうしても馴染めぬものを感じる。今も、ライプツィヒの町並みはどこかフランス的で、洒脱で、旧東ドイツ時代ですら、時の流れから取り残されたようなうらぶれた、さびれた印象はぬぐえなかったものの、昔から残された建物群に瀟洒なたたずまいが見て取れ、どこかドイツの他の都市とは違って垢抜けたものを感じさせた。「小パリ」と呼ばれたのもさもあらんと思わせるほどに、かつては小粋なパリ風の小都会であったであろうと感じさせる雰囲気があった。しかし、同時に、あまりにも都会的な町で、自然に乏しい印象を受け、ゲーテの資質にはなじめないものがあるなあという印象は拭えなかった。東西ドイツ統一後のライプツィヒは再び活気に満ちたモダンな町に変貌し、旧東ドイツ時代のうらぶれた雰囲気はもはやなくなった。

ライプツィヒ

啓蒙主義の啓蒙とは、文字通り、「迷妄を啓《ひら》く」の謂いであり、それは、伝統的な固定観念・権威・偏見からの脱却、自立的精神の確立を目指し、その自立的精神、理性の光に照らして、あらゆるものごとを批判し、検証することを求める。この主義の根幹は知的な批判精神にあり、この精神によって、ゲーテは、ライプツィヒで、彼がそれまでに培ってきた一切の教養、思考法、趣味、感情、郷土的なものの一切が批判、否定される。要するに、ドイツ的なものがダサいとされた。そのため、彼の生地、フランクフルトの方が現在ではるかに都会的であるにもかかわらず、当時は、彼の方言すらもが、その粗野をなじられ、からかわれた。このために、彼は自分の表現手段がもがれてしまったような気持ちに陥り、言葉も、趣味も、思考法も思うにまかせぬものとなる。この当時のとまどいを彼は次のように記している。

青春の熱情をこめて自分のものとしたこれらのものをむざむざ捨て去らなければならなかったのだから、わたしは心の髄まで麻痺したように感じ、ごくありふれたことがらでも、どう表現していいのか、もはや分らないありさまだった。(『詩と真実』より)

この時代は、ゲーテにとって、自分自身への批判と自己解体の時代と言ってもよかろう。この時代はまた彼にとって不毛、無果(unfruchtbar)の時代でもあった。

大学の講義が、彼にとっては何よりも不毛であった。彼の本来、専門とすべき法律は、彼を弁護士にさせたかった父親の早期教育のおかげで、彼にとって周知のことがらばかりで、彼は大学に入ってまもなく法律への関心を失う。彼の父親は財産だけで生活できるほどの資産家であり、その非社交的な性格から、定職をもたず、そのために彼は、彼の息子と、娘のコルネーリアに教育をほどこすことに異常な関心を示す。しかしこの教育熱心な父親による早期教育は必ずしも有効なものではなく、弊害ですらあった。この弊害について、彼は次のように言っている。

大学以下の若い人に、あまりにいろいろと詰め込んで教えることによって引き起こされる弊害は、後になっていよいよ明らかになった。というのも、語学の練習や本来予備的な知識に属する基礎的な勉強に、時間や注意が割かれずに、それがいわゆる実際的な知識の勉強に振り向けられるなら、方法を踏まえて完全に教えられるのでないかぎり、それは知識を分散させるばかりで、教育することにはならないからである。(『詩と真実』より)

ひそかに、法律よりも熱心に勉強しようと考えていた文学もまた彼の意に沿うものではなかった。当時、名声の高かったゲラート、ゴットシェットといった人たちの文学はすでに時代遅れで、青春固有の性急さをもって真実なものを追い求めるゲーテの情熱を満足させるものではなく、それはすでに老人の文学であった。

講壇哲学も、常識的な見解の域を出るものではなく、有果ならんことを欲する青年たちの精神を鼓舞し、啓発するものではなかった。

論理学も、自由に思考する精神にいろいろな法則をあてはめるだけの煩わしいものと彼の目には映り、後に、彼は『ファウスト』の中で、それを拷問の道具であった「スペインの長靴」に喩えている。

神学もまた、当時の啓蒙主義の批判にさらされて世俗化し、神霊の息吹きを伝えるものではなく、若者の心情に生き生きと訴えかけるだけの深く、そして超越的な内面性、精神性を欠いていた。

当時の諸学に対するこの時代のゲーテの失望感が、『ファウスト』第一部の「書斎」の場面で象徴的に再現されている。すなわち、諸学に絶望する大学教授のファウストになりかわって、メフィスト(悪魔)が教授に扮し、メフィストは向学心あふれる大学の新入生に向かっていいかげんなガイダンスをほどこすが、それで、メフィストはかえって学生を煙に巻き、混乱させる。こういった場面によって、ゲーテはこの当時の自身の大学生活での戸惑いを表現し、当時の大学の不毛を揶揄している。

ゲーテは、一六歳にして、当時、すでに啓蒙主義によって毒され、批判解体され、世俗的なものに成り下がっていた大学を支配する精神の荒廃、腐臭をいち早く嗅ぎ取り、人生の黄昏を迎えた老学者のファウストさながらに諸学に絶望する。

ああ、おれは哲学も
法律も医学も
あろうことかいまいましいことに神学までも
骨折って究め尽くした。
ところがどうだ、この哀れなおれは
以前と比べてちっとも賢くなっていない！
マギスターだの、ドクターだのと呼ばれて、
かれこれ十年このかた
学生の鼻面を縦に横にひん曲げたりしながら
挙句の果てに知ったのは、自分は何も知らないということだけだ！
それを思うと、この胸は焼け焦げんばかりだ

（『ファウスト』第一部より）

当時のことを、ゲーテは後年、「味気なく冗長でうつろな時代」と語っているが、このように、青年の情熱を刺激する新しい時代の息吹きのようなものをゲーテはこのライプツィヒで見出すことができなかった。まわりは、真に啓蒙的で、積極的に教育的ということがなく、それまでのゲーテにとって価値あるものを剥奪するばかりで、それにとって代わって、別のものを提示してみせるだけの知的環境にはなかった。

そのためにわたしはすっかり困惑してしまった。……そもそも自分に大切だったことについては何ら啓発されるということがなかった。わたしは判断の基準を求め、そしてそれをもっている人は皆無だということが分かったような気がした。この趣味と判断の不確実さがわたしをして日々ますます不安に陥れ、その結果ついにわたしは絶望した。(『詩と真実』より)

かくて、ゲーテの生活自体が不毛なものに成り果て、退屈のあまり気晴らしにうつつをぬかすようになる。彼はフランス風の伊達さ、慇懃さ《ガランテリー》、粉飾で身をやつすようになり、同郷の友人がその頃のゲーテの服装、言動の変りようをフランクフルトに報告しているほどである。この時期のゲーテの生活は、軽薄で、精神の集中、生命の輝き、創造性、誠実さを欠いている。

ライプツィヒの若きゲーテ像

この当時の恋愛態度もそのためにロココ的な好色の域を出ない。ここでいうロココ的とは、フランス風の慇懃さに飾られた、遊戯的な綺麗ごと、生命の深みから出てこない、上っ面だけの表層的な感情の戯れを意味する。この時期のケートヒェン・シェーンコプフとの恋愛もまた、真剣味に乏しい遊戯的な気晴らしに終始するものであった。

しかし、そのような状態は、それ（気晴らし）が罪のないものであればあるだけ、長く続くと変化に乏しくなりがちで、わたしはついにわれわれが陥りがちなあの悪癖に誘われて、恋人を苦しめて楽しもうという、あるいは少女の従順さを身勝手な暴君的な気まぐれで思いのままにしようというような気になったりした。わたしの詩作の試みが失敗したり、あるいはそれがどうもうまくいかなかったり、いろいろと面白くないことがあったりすると、その自分の不機嫌を彼女にぶつけて、それでいて彼女に我慢を強いるということが自分には許されているんだとわたしは信じこんでいた。というのも、彼女は心からわたしを愛してくれていたし、できることでさえあれば、いつもわたしが気に入るように努めていてくれたからである。根拠のないつまらない嫉妬から、わたしはわたしと彼女の最も素晴らしい日々を台無しにした。彼女はしばらくは信じられないほどの辛抱強さでそれに耐えていたが、わたしは最後に残酷なまでに彼女の忍耐をそのぎりぎりのところまで追いつめていった。（『詩と真実』より）

と、ゲーテはその当時のことを記している。ある時、たまたま散歩に出たとき、ゲーテは菩提樹に、かつて愛の記念に刻んだ自分の名前と彼女の名前を目にするが、その彼女の名前を刻んだ切り口からは、多量の樹液が溢れ出して、それはあたかも涙のように、その下に記された自分の名前のすでにカサカサに乾いた切り口を濡らしているのを目にする。あたかもその樹液の涙で、彼女が自分に対して、嘆き、訴えかけているようにゲーテには思われる。こういった記述は虚構かとも思われるが、ここに、当時のゲーテの精神状態の不毛さと恋愛態度の不誠実さをわれわれは窺うことができる。

こういった体験を作品化したものが、ロココ的な恋愛劇『恋人の気まぐれ』であった。この作品には、いまだゲーテらしい生命感にあふれた恋愛態度は見られない。それは、ゲーテ的なるものが開花する以前のゲーテの精神状態をあからさまに表現している。

有り余る青春のエネルギーと憂鬱と不愉快の中で動揺し、青春の情熱をどこに向けるべきか、いまだわからない青春特有の苛立ちがこの当時のゲーテを支配し、その苛立ちが、他人に、ケートヒェンに、そして自分自身に向けられる。他人に対しては、サディスティックに、自分に対しては、マゾヒスティックにその苛立ちの矛先が向けられる。その自虐の果てが、放蕩三昧であり、馬鹿騒ぎであった。それがゲーテに対して、消化器の機能障害の病いを引き起こし、学業半ばにして、ゲーテはフランクフルトへ命からがら帰還する羽目となる。

しかし、この一見無駄に浪費されたかに見えるライプツィヒ時代が、ゲーテ的なもの、ゲーテらしさを覚醒させる上で、逆説的に、不可欠な教育的効果をもたらしたと言うべきである。ゲーテの精神が今一度徹底して批判にさらされたというところに、啓蒙主義の一つの意味があった。この啓蒙主義の批判精神にさらされることによって、ゲーテは、自己を解体し、それまでの一切の中途半端な趣味と、曖昧な判断を払拭し、あらたに内面へ真剣な眼差しを向けるきっかけを与えられる。

真に創造的なものに向かうためには、半端なものは払拭され、徹頭徹尾批判にさらされなければならない。それ自身は、建設的なものをもちえないが、創造的なものを生み出す姿勢を促すところに、新しい創造のための、古い固陋で陳腐なものを徹底批判する真の啓蒙主義の意味がある。

しかし、ライプツィヒでゲーテが洗礼を浴びた啓蒙主義はその多くが悪しき啓蒙主義とも言うべきもので、それはただ批判のための批判に終始し、そこには創造的なものを生み出す機運はかけらも見ることができなかった。青年が有為であるためには、周囲のものに対してやたら批判的にならず、すぐれたものに絶えず胸襟を開いておく真摯さが大切で、批判しているだけでは、そこからは成長が見られなくなる危険性をゲーテは『詩と真実』の中で指摘している。さらに、年長者は年長者で、批判するものにとって代わるものを与えることができない以上、年少者に対しては、何やかやと批判的であることに終始する悪癖をつけてはならず、彼らには、優れたものにたえず目を開かせることが大切であるとゲーテは述べている。

しかし唯一、ライプツィヒで啓蒙主義がゲーテにいくらか前向きに教育的に作用した例として、エルンスト・ヴォルフガング・ベーリッシュ（Ernst Wolfgang Berisch）との交友を挙げることができる。彼もまた啓蒙的な批判精神の持ち主であったが、彼は優れて真なるものとそうでないもの、良いものと悪いもの、ありきたりのものと信頼に足るものとを明確に区別する鋭い嗅覚をもち、特に粗野なもの、卑俗なもの、陳腐なものへの反感が彼には強かった。それによって、彼はゲーテに対して、優れたものへの感覚を研ぎ澄まさせていったと言うことはできる。

しかし、ベーリッシュ自身も、結局は、批判の精神の域を出るものではなく、創造的な姿勢を欠いていた。かくて、彼は無限の退屈と気晴らしという時間の無駄使いに終始し、卑俗なもの、陳腐なものを茶化し、批判することに倦むということを知らなかった。それにゲーテは辟易とするものすら感じる。

このゲーテのライプツィヒで培われたフランス的な啓蒙的知性の残滓、その悪癖を完膚なきまでに否定し尽くしたのは、次のシュトラースブルク時代にめぐりあった先輩であり、知友でもあったヘルダーであった。

ライプツィヒ時代の最後にゲーテは大病をわずらい、フランクフルトに帰郷するが、この大患によって、ゲーテは、ライプツィヒで蓄積されたフランス的な、ロココ的な要素を精算、解毒する。病気というものは多かれ少なかれ、肉体的にも解毒作用をもつものであるが、ここでは、より多く精神的な意味で、ゲーテにとっての解毒作用があった。

ライプツィヒ時代を振り返って、不毛であったはずのこの大学生活をゲーテは意外にもこう総括している。

この大学生活こそ自分のものの考え方や見識を一段と高めてくれた点で、かえって私にとって多くの価値をもたずにはいなかった。（『詩と真実』より）

ライプツッヒの大学生活で、ゲーテはストレートに有益な教示を得たわけではないが、時には反面教師的にであれ、しばしば混乱に巻き込まれながらも、多方面の知識にさらされつつ、成長の糧を得てきたということは否定できない。しかも、それまでのゲーテを精算し尽すという意味では、この大学生活には優れて教育的効果があったと言うべきであろう。

三　シュトラースブルク時代(1)
——フリーデリケとの恋——

ゲーテの中でライプツィヒ時代に培われたフランス的啓蒙主義的知性を完膚なきまでに否定したのは、ヘルダーであった。

もちろんそれまでにも、アダム・フリードリヒ・エーザー（Adam Friedrich Oeser）とか、スザンナ・カタリーナ・フォン・クレッテンベルク（Susanna Katharina von Klettenberg）、いわゆるクレッテンベルク嬢といった人たちが、ゲーテのそれまでの冷たいフランス的啓蒙主義をひそかに矯正する働きをもったことは事実である。エーザーは、装飾的なフランス風のロココ趣味に対して、ギリシア、ローマの古代美術の簡潔な美しさを説いて、ゲーテの後の古典主義的な芸術観の下地を作った。さらに、後者のクレッテンベルク嬢のゲーテへの感化は大きく、フランス的啓蒙主義との決別のための一つのきっかけをつくっている。クレッテンベルク嬢は、敬虔主義（ピエティスムスPietismus）の信仰の篤い女性で、この敬虔主義は、何よりも対象への感情の移入、同化を大切にするが、対象を冷たく、乾いた知性にさらす事によって、批判、分析するフランス的な啓蒙的知性に飽き足らぬものを感じていた当時のドイツの人たちの中に、その反動としての多くの共鳴者を見出した。しかし、それは、ともすれば狭隘な固定観念にとらわれ、精神的な深みを欠き、センチメンタルな、主観主義的な情感に流されがちで、ゲーテも、クレッテンベルク嬢を通して、しばしそこに慰安を見出す時期もあったが、それは長くゲーテの心を繋ぎとめるだけの力を欠いていた。その敬虔主義に対するゲーテの共感と違和感は『ヴィルヘルム・マイスターの修業時代』の中の「美しき魂の告白」の中に詳細に描かれている。

しかし、誰よりも、ゲーテのフランス風の啓蒙主義的な考え方、趣味を徹底的に批判し、それを矯正したのは、ヨハン・ゴットフリート・ヘルダー（Johann Gottfried Herder）であった。ヘルダーは、『人類歴史哲学考』によって後世に名を残しているが、ゲーテが知り合った当時すでに、『断片』、『批判的な叢林』といった著作を通して文名の高い思想家であった。ゲーテよりは五歳年長であった。

ヘルダーは何よりも創造的であることを重視し、模倣的、作為的であることを否定した。人間は教養過多であることによってしばしば自らの創造性を欠くことになりがちであると考えた彼は、ゲーテがライプツィヒで影響を受けたフランス的啓蒙主義とフランス風のロココ趣味を特に激しく否定した。そういったものは、ヘルダーによれば、老人的、衰弱的なものであって、有為な青年にとっては有害以外のなにものでもなかった。青年はすべからく、直接自らの内面の中から、精神・感情の深みから溢れてくるものに耳を傾け、それを表現し、創造するのでなければならないとした。

ヘルダーも批判の人ではあったが、ライプツィヒで出会った人たちの啓蒙主義が、ただ単に批判のための批判に終始していたのに対して、ヘルダーの批判は、不毛なもの、模倣的なものを一掃するための批判、創造のための批判であった。

ヘルダーは、難儀な眼病を患っていたために、ひどく癇癪もちで、サディスティックなところがあり、ゲーテは、彼に強く惹きつけられながらも、そのあくの強い性格に辟易する思いに駆られることがしばしばあった。特に、彼はゲーテの幼稚な教養・趣味をこっぴどくこき下ろすことにおいて倦むことを知らなかった。普通であれば、それだけ自分が糾弾されれば、その人から離れていくものであるが、自分の足らざるところを痛感するゲーテは、そのサディスティックなまでの批判によく耐え、それによって自己変革、自己再生のきっかけをつかもうとした。当時のヘルダーについて、ゲーテはこう記述している。

ワイマールの市内に立つヘルダー像

この彼の天邪鬼な精神をさらに何度も私は我慢しなければならなかった。というのも、一つは、公子と袂を分かとうと考えていたという理由で、もう一つは眼の病気を患っていたという理由で、シュトラースブルクに滞在することを彼は決心したからであった。この病気は最も厄介な、不快な病気の一つで、それも、苦痛な、いやな、不確かな手術によらなければ直しようがないというものであったため、なおさら難儀であった。つまり、涙嚢の下が閉じられていて、その中の涙が鼻に向かって流れ出すことができず、さらに隣の骨に、分泌物が自然に通って流れていく穴がないだけに、ますます涙が流れ出すことが困難であった。したがって、涙嚢の下が切開されなければならず、骨にも穴があけられなければならなかった。それは、涙点、涙嚢、そしてそれと連結された新しい通路に、その間の行き来が可能となるように、馬の毛が通され、それを毎日左右に動かさなければならないためであった。この患部を外から切開しない限り、それは全く不可能であった。……（中略）……私はその手術に立会い、このように優れた人物にいろいろと仕え、手助けすることができた。その際、私は事あるごとに彼の卓越した剛毅さと忍耐強さに感嘆せざるをえなかった。というのも、いろいろな外科的な執刀に際しても、しばしば繰り返される痛みを伴なう包帯の取替えに際しても、彼はほとんど不快な表情を見せず、むしろ、われわれの中では彼が一番平然としていた。しかしその間にもちろん、われわれはしばしば彼の気分が急変するのを我慢しなければならなかった。……（中略）……私がこれまでつきあってきた年配の人たちは、私を教育するにあたって、いろいろと気を使ってくれた、と言うよりもむしろ、私を思うがままに甘やかすと言うほうがあたっていた。しかし、ヘルダーからは、自分のしたいようにすることを容認してもらえることは一切あてにできなかった。従って、一方で、彼に対する愛着と敬愛の念が、他方で、私に彼が目覚めさせた不快の念が、互いにせめぎ合うことによって、私の中に、かつて人生において感じたことのないような類いの分裂、初めて経験する分裂が生じた。彼が質問するにせよ、答えるにせよ、あるいは独特のやり方で自分の見解を述べるにせよ、彼の会話は常に意義深いものであったので、彼によって、日々、いや、時々刻々、私は新たな見解へと導かれた。ライプツィヒではむしろ、私は偏狭な、型にはまったものに慣れきっていたし、フランクフルトでの生活では、ドイツ文学に関する一般的な知識は増やされることがなく、私は曖昧模糊とした領域のあの神秘的で、宗教的な、化学的な事がらにもっぱら没頭していた。そのため、数年来、広い文学の世界でどのようなことが起こっていたかについては、私はほとんど無知なままであった。それが今、ヘルダーを介して、あらゆる新しい努力と、その努力がとろうとしていたあらゆる方向性が私には一挙に明らかになった。(『詩と真実』より)

この偏屈なまでに剛毅な性格のヘルダーにゲーテは強い反発と共に大きな牽引力を感じた。ヘルダーは、北方の魔術師と呼ばれたハーマンの影響を受けて、何よりも「人間の完全な力の統一」を大事にし、このような力は個人の青春の力の中に、そしてとりわけ「天才」の中に余すところなく発現すると考えた。彼によれば、その端的な例が、シェークスピアで、この時代、ヘルダーの影響もあって、ゲーテは、シェークスピアに深い関心を寄せる。同時に、そのような力はまた、民族の青春の力の中に発現する。その純粋な表現は「民謡(Volkslied)」の中にあると考えるヘルダーは、エルザス(アルザス)の地方に残る民謡を収集することをゲーテに勧め、その影響からあの有名な詩、「野ばら」が誕生した。

ヘルダーによれば、青春時代こそが「真に、詩的な、すなわち創造的な段階」にあり、「青春の叫び」はそのまま詩(Poesie)となり、音楽となり、芸術となる。芸術の創造の根源は青春の力のうちにあると彼は考えた。個人

シュトラースブルク（ストラスブール）1

の人間の発展段階に四つの段階（子供、青年、成人、老人）があるように、民族の中にも、それに対応する四つの段階があって、ドイツは今まさに青年の時代にあるとヘルダーは考える。いわゆるルネサンス、それをヘルダーは第一のルネサンスと呼ぶのだが、それはラテン的なものの支配下におけるギリシア文化の復興であった。しかし、今、疲弊しつつあるヨーロッパの精神を再興するために必要なのは、ゲルマンの、ドイツの若々しい「形成する力」であり、それによるヨーロッパ精神の復興こそが、第二のルネサンスでなければならないと彼は主張した。

このような考え方のもとで、ヘルダーを中心に、疾風怒濤（シュトゥルム・ウント・ドラング Sturm und Drang）の運動が展開される。その運動に点火し、その運動に理念を与えたのがヘルダーであり、それを具体的に実現したのがゲーテであった。

「一七七〇年、春になって、自分の健康が、それ以上に青春の英気が活き活きと蘇ってくる」のをゲーテは感じる。ライプツィヒで患った病気がようやく癒えて、病いが癒えてくる時の心身の爽快さと充実を感じながら、今、ゲーテは天才的な青春の力が発現せんとする予感、偉大なもの、崇高なものに対する力強い衝動、ゲルマン的な躍動し、流動し、力が横溢する魂の、ドイツに固有の青春の力の胎動を感じる。『詩と真実』の中で、ゲーテは、この時期のことを、「ふしぎな予感に満ちた幸せだったあの頃」と呼んで、その時代を懐かしく回顧している。

シュトラースブルク（ストラスブール）２

シュトラースブルク（ストラスブール）大聖堂

再び、しなやかさを取り戻した精神と、予感に満ちた感興に浸されながら、ゲーテは、彼にとって魂の巣窟とも言うべき故郷のフランクフルトから、あたかもエルヴィン・フォン・シュタインバッハの霊に導かれるかのように、彼が一三〜一四世紀にその建設に携わった大聖堂のあるエルザス地方のシュトラースブルク（ストラスブール）へと旅立っていく。ヘルダーに出会うために、そして、フリーデリケ・ブリオンにめぐり会うために。

『詩と真実』によれば、彼は、シュトラースブルクに着くやいなや、真っ先に、まず大聖堂の塔をかけ上がり、自分がしばらく滞在することになるエルザス地方を遠く眺めやったという。

私は今初めて、狭い小路の間からこの巨大なものを認め、しかも確かに狭すぎるその場所で、余りにも近くその前に立ったので、その堂宇は私には独特の印象を与えた。しかし、その印象をその場では解きほぐすこともできず、その時はただ漠然とした印象を受け取ったに過ぎなかった。しかし、高く晴れやかに輝く太陽が、はるか遠く豊かに続くその地方を明らかに照らし出してくれる素晴らしい瞬間を逸するまいとして、私はその堂宇の階段を上へ一気に駆け上がった。……（中略）……それから私はその堂宇の上から、私がこれから住むことになるその素晴らしい地方を眺めやった。見事な町と、広く一面に広がって、所々に見事に樹木が密生している牧場、ライン川の流れに沿って、川岸、島、中州の点在するその草木の目立って豊かなところがそこから眺められた。南から下に広がる平野もそれに劣らず、さまざまの緑に覆われ、その一帯をイル川がうるおしていた。山の方へと続く西の方にも多くの低地があり、それは森と牧草地の魅力的な眺めで、更に北の一段と起伏に富んだあたりには、数多くの小さな川が流れていて、一帯の草木のすみやかな成長を助けていた。この豊かに広がる牧草地、この見事によくおいしげった森の間にあって、すべての果樹に適した土地が立派に手を入れられ、緑豊かに実り、その最も素晴らしい肥沃な一帯のここかしこには村や農場が点在していた。新しい楽園が人間に用意されているようなこの見晴らし難く大きな平野には、遠く、そして近くに、よく手入れのゆきとどいた山々が、またうっそうと樹木の生い茂った山々が境界をかたちづくっていた。このような光景を心に思い描いてもらえるなら、私のこの時の感激はよく理解してもらえることと思う。私にしばらくこのような定住地を授けてくれた自分の運命に対して私は心からの祝福を自分自身に対して感じないわけにはいかなかった。……（中略）……われわれがしばらく滞在することになる新しい土地のそのような新鮮な眺めはなお独特の予感に満ちていると同時に心地よいものがあった。**それはちょうど何も描かれていない板切れを目の前にするの**

と似ていた。いまだわれわれにかかわりのあるいかなる苦悩もそこには記されていない。この晴れやかな彩り豊かな生き生きとした平野はなおわれわれに語りかけるべき何ももっていなかった。（『詩と真実』より）

ここで、ゲーテは意味深長な表現を用いている。「それはちょうど何も描かれていない板切れを目の前にするのと似ていた。いまだわれわれにかかわりのあるいかなる苦悩もそこにはしるされていない」と。これはフリーデリケとの運命を示唆しており、この白紙にも似た場所とは、終生にわたってゲーテが新鮮なときめき、心の高ぶりを反芻する場所、そして、終生ゲーテから去ることのない苦悩と嘆きの源泉ともなった場所であった。しかし、それはいまだ予感にとどまる。

対象がそれ自体意味のあるものである限り、目はただその方へ吸い寄せられるものであるが、しかしいまだ私はいかなる愛情も情熱もここかしこに感じるということはなかった。しかし来たるべきものの予感がすでに若い心を不安なものにし、満たされない欲求は来たるべきもの、あるいは来るかもしれないものをひそかに待望している。そしてそれは幸せ、悲しみのいずれを問わず、知らず知らずのうちにわれわれが住むことになる地方の性格を帯びてきているものである。（『詩と真実』より）

しかし、フリーデリケ・ブリオンとの出会いとその運命を語ろうとしながら、ゲーテは口ごもり、逡巡し、彼の口からは、なかなかにフリーデリケの名前が出てこない。「繰り返し、心の落ちつきを確かめるかのように、報告しかけては、彼は中断する。思い出すのを憚るかのように」（E・シュタイガー）。それほどにゲーテにとって意義深い名、それがフリーデリケ・ブリオンであった。そして、ついにゲーテは彼女のことを口にする。

フリーデリケの肖像画

まことにこの田舎の大空に世にも愛らしい一つの星があらわれた。（『詩と真実』より）

すらりとしていて軽快で、さながら彼女の歩みは何も身にまとっていないかのようであった。そしてそのかわいい顔のふさふさしたブロンドのお下げ髪にくらべて、そのうなじはあまりに華奢に見えた。晴れやかな青い目で、彼女はあたりをはっきり眺め、その感じのいい丸い鼻は、あたかも世の中に何の憂いも知らぬげに自由に大気を呼吸していた。（『詩と真実』より）

「何もまとっていないかのように」、「彼女は晴れやかにあたりを見まわし、はっきりと眺めた」。こういう記述によって、ゲーテは彼女が全くの屈託というものを知らない、自然そのものの女性であることを表現している。

彼女の物ごし、彼女の姿態は小高い丘の小道を駆けていく時ほど、目立って魅力的に見えることはなかった。彼女の物ごしの優雅さは野の花と咲ききそうばかりであり、彼女の顔の失われない晴れやかさは青い空と見まがうばかりであった。この彼女をとりまく人の心を活気づける大気を彼女は家の中にもちかえった。（『詩と真実』より）

散歩する時の彼女は、命を与える精霊があちらこちらと漂うかのように、ここかしこに生じがちな空隙を埋める術を知っていた。そして彼女が駆けていく時、彼女はとりわけ魅力的であった。あたかも鹿が満ち足りた気分で、芽の萌え出る草の上を駈けていくように、何か忘れ物を取りにいく時とか、失くしたものをさがす時とか、離れたところにいる恋人たちを呼びに行くとか、必要なものを注文しに行く時に、あぜ道、牧草地を急いで駆けていく時、彼女の動きは最もはつらつとしていた。その時、彼女は決して息が切れるということはなかったし、それによって平静さを失うということもなかった。」（『詩と真実』より）

彼女は、「息が切れることがない」、つまり肉体の重みを知らないかのように、自然の精霊そのもののような人であった。このあらゆるものに命を与える精霊のようなフリーデリケ・ブリオンを通して、ついに、それまで閉ざされてあったゲーテの自然、野性、情熱が堰を切って溢れ出す。ホーエンシュタインは言っている。彼女は「彼の閉ざされてあった感官を押し開き、死せる胸に生気を吹き込んだ」と。かくて、ゲーテのフリーデリケとの出会いは単に愛の喜びにとどまらない、自己解放の、横溢する官能の、死してあった青春の生命が復活する喜びであった。愛することによって今、ゲーテは生きる実感を取り戻す。ライプツィヒ時代の病めるゲーテはもうここにはいない。青春の健康を胸いっぱいに呼吸するゲーテ、生の充実、生の躍動、新生に歓喜するゲーテがここにいる。それを端的に表現した詩が「五月の歌」であった。

五月の歌

なんと晴れやかに
自然は輝き！
日は輝き！
野は笑うことか！

どの枝からも
花が咲ききそい
繁みからは
とりどりの声がみなぎる

どの胸からも
喜びと歓喜が
おお地よ　太陽よ！
おお幸せよ　喜びよ
おお愛よ　愛よ！

その黄金《こがね》なす美しさ
丘の上の
あの朝日に映える雲にも似て

君　はれやかに
祝福す
花けぶるみずみずしき野を
満ち満ちた世界を

おお少女よ　少女よ
いかに我　君を愛することか！
君の眼のなんという輝き！
君　我を愛す！

かく愛す
雲雀は歌と大気を
朝咲く花々は
天の香りを

熱い血潮もて
我は君を愛す
新しき歌と
踊りにそえて

我に青春と喜びと
勇気を与えてくれる君
永遠に幸福であれ
君のわたしへの愛と共に！

ゲーテにとって、**愛することは生きること**である。このゲーテの基本的なテーゼとも言うべき体験を最も明快に表現した詩がこれである。今はじめて「ゲーテ的」とも言うべき調べが奏で始める。それは恋の賛歌にとどまらない、生の賛歌である。彼が追い求めて止まなかった「青春、力、生命、自然」を今ゲーテは手中に収める。きわめて感覚的な敏感さ、そのたゆとうごとき官能の豊かさにもかかわらず、そこには好色なものが一切ない。「ゲーテはこうしたこととは無縁である。フリーデリケとの出会い以来、彼の文学からは好色が消えうせ、以後、決して現れることがない」（エミール・シュタイガー）。後に、『ローマ悲歌』で歌われているような、妻、クリスティアーネ・ヴルピウスとの大胆なまでの愛の交換の表現においてさえ、それは純粋な官能性を保ち、卑猥な好色性とは無縁な生命の謳歌・賛歌たりえている。好色性とは何か。それは生命の根源に根ざすことなく、官能が表層の意識に流れ、それによって歪められているものをいう。生命の根源から発したものに好色はありえない。

これ以後のゲーテの愛の特徴は、一つは、この「根源性」にある。それは、ロココ的な意識の戯れに満ちた薄っぺらな感情の皮膜を突き破り、生命の根源に根ざし、そこから発する感情である。**愛することは生きること、生きることはまた愛すること**である。その歓喜をフリーデリケとの恋を通して、ゲーテは知る。

さらにゲーテの愛のもう一つの特徴として、「宗教性」を挙げることができる。生きているという実感はまた、すべての生けとし生けるものとの一体感であり、その万物との一体感はまた、万有感情、根源的な聖なる感情につながっていく。したがって、「彼は大胆にも自らの愛を heilig（神聖な）と呼ぶ」（エミール・シュタイガー）。この生命の高揚を通して、ゲーテは「崇高なもの」、「偉大なもの」、「永遠なもの」への感興に目覚める。これが、疾風怒濤期のゲーテの「巨人的な感情」へとつながり、こういう感興の中から『マホメート』、『プロメートイス』といった作品群が企画される。

ゼーゼンハイム（セッセンハイム）の子供たち

この「ゲーテ的な」愛、感情を覚醒させたところに、フリーデリケ・ブリオンがただ単に恋人である以上に、ゲーテにとってかけがえのない存在であった所以がある。まさに彼女は、ゲーテにとって、『五月の歌』で歌うように、「我に青春と喜びと勇気を与えてくれる君」であった。ゲーテはフリーデリケとの愛を通して、それまで暗い魂の坑道の中で掘り当てるべく探し求めて止まなかった鉱脈を発見する。それまでにも、エーザー、クレッテンベルク嬢、ヘルダーといった人たちがゲーテの魂の鉱脈の発見を促すべく、手助けしたことは事実である。しかし、その壁を内側から突き崩し、打ち破るために必要であったのは、フリーデリケ・ブリオンへの愛を措いてほかにはない。

四　シュトラースブルク時代(2)
――フリーデリケとの愛の破綻――

フリーデリケとの愛の交換の日々、それは類いまれな幸福の絶頂であった。二人の愛を妨げるものは何もなかった。それは忘我的、全我的と言ってよかった。にもかかわらず、それはやがて翳りを見せ始める。

『詩と真実』の中で、ゲーテは二人の愛の将来に対して不吉な予感を感じさせる二つの物語を伏線としてほどこしている。

二人が出会った最初の日の夜に、ゲーテは、フリーデリケの家の庭園で、彼女の家族を前にして、『新メルジーナ』の物語を語り聞かせたという。後に、『ヴィルヘルム・マイスターの遍歴時代』に収録されたこの物語のあらましはこうである。小人の王国の王女と現実界のいい体格をした男性とが恋仲になり、男性は王女の持つ指輪の魔法の働きで小人になり、王国に迎え入れられ、幸せな愛の日々を送るが、男性はやがてその生活を窮屈に思い、そこから脱出するべく、その指輪をもぎ取って、もとの人間界に戻ってしまう。一時は、王女の魅力のとりこになるが、いつまでも小人のままでいることに耐えきれなくなるというこの物語によって、ゲーテは、いつまでもフリーデリケとの小さな幸福な生の圏内には自分はとどまりえないということを暗示している。出会いの最初においてすでに、この物語を語り聞かせたということによって、ゲーテはこの恋の不吉な行く末を暗示している。

さらに、ゲーテは、『詩と真実』の中で、フリーデリケとの出会いの前に、もう一つの不吉な物語を挿入している。そしてそれが終始、フリーデリケとの関係を不安なものにしている。ゲーテは、それ以前に、ダンスを習っていて、その教師には二人姉妹の娘があり、ゲーテは姉の方に恋される。しかし、実際は妹の方がゲーテの心を射止めていることに嫉妬した姉は、別れを前にして、ゲーテから無理やり唇を奪い、こう叫ぶ。「わたしの後に、この唇にキスする女に永遠に不幸が続くがいい」と。それだけのたわいない話であるが、これが若いゲーテにひそかにこだわりを生み、ゲーテは以後、女性に慎重に振舞ったという。

牧師であったフリーデリケの父親の教会

こういった『詩と真実』の中の挿話がすべて真実であったということはきわめて疑わしい。自伝的小説である『詩と真実（Dichtung und Wahrheit）』の「詩（Dichtung）」とは、虚構と言い換えてもよかろう。その時々の体験の真実（Wahrheit）を語っているのが、この小説の体裁であろう。したがって、このダンス教師のもとでの物語も、真実と取る必要は毛頭ないが、このような物語によって、ゲーテはフリーデリケとの恋の行く末に一つの不安な影を落としている。

『詩と真実』によれば、ゲーテはこれ以後、この呪いの言葉を忘れることができず、フリーデリケとの屈託のない愛の日々においてさえ、こ

ブリオン家の納屋

の言葉がゲーテに自制心を生み、フリーデリケとの関係に節度をもたせたという。愛の不安の中にある者が迷信深くなることは事実である。しかし、村の祭の日、ゲーテは、フリーデリケとのダンスに夢中になり、興奮の絶頂の中で、それまで意識的に避けていた口づけをフリーデリケにしてしまう。そして、その夜、ふと目が覚めた時、ゲーテには、まざまざと舞踏教師の姉娘の呪いの言葉が思い出される。夜が明けると共に、フリーデリケの屈託のない笑顔を見て、その不安も雲消霧散する。しかし、その不安の余韻がゲーテの意識の底に残る。

やがてフリーデリケ一家がフランクフルトのゲーテの家にしばらく滞在することになる。しかし、フランクフルトという都会の中では、いまひとつフリーデリケには精彩が見られなかった。「室内で特に好感を与える女性と、戸外でいっそう引き立って見える女性がある。フリーデリケは後者に属していた」。自然児である「アルプスの少女ハイジ」がフランクフルトという都会の中で窒息したように、いつも屈託のなかったあのフリーデリケがそのフランクフルトで妙にぎこちなかった。姉のオリーヴィエにいたっては、「陸に上がった魚みたいに、堪えられそうもないようすを見せた」。フリーデリケ一家がゼーゼンハイムに帰って行った時、ゲーテはほっと肩の荷を下ろす。

これをきっかけに、ゲーテの愛には、かつての有頂天さがなくなり、フリーデリケのいるところではかえって不安になり、むしろ離れているところで、フリーデリケを懐かしく思う。すでに愛のもつ直接性が失われつつあった。

フリーデリケのいるところでは、私は不安な気持ちにおそわれたが、彼女のいないところでは彼女のことを考え、彼女と語り合うことは、私にとってこの上ない喜びであった。……（中略）……彼女がいないことが私を自由にし、離れていて語り合うことで初めて私の彼女への愛着は十分に花開いた。（『詩と真実』より）

こういった愛の直接性の喪失は、『ファウスト』第一部の「森と洞窟」の場面を想起させる。

メフィスト　雪解け水が川に溢れるように
　　最初はあなたの愛も激流となって溢れ、
　　彼女の心にそそぎこみました。
　　しかし、今は、その川もまた浅い流れになったのですね。
　　　　……
　　一体どうしたことでしょう？　あなたが逃げ出したと彼女は思っている。
　　実際、半分逃げ出しているんだから。
ファウスト　私は彼女の近くにいる。そして彼女からこんなにも離れていても、
　　私は彼女のことを忘れはしないし、彼女を放しもしない。

友人のザルツマンにあてた手紙の中で、ゲーテはまた当時の心境をこう書き記している。

おまえの子供の時からの夢は今ことごとく満たされたのではないか？　私はこの幸せに満ちた地平線を喜ばし

げに眺めやりながらしばしば自らに問いかける。これこそがおまえが憧れ求めていた妖精たちの住む仙郷ではないのか？　これがそうではないのか！　確かに私はそう思う。友よ、しかし、望んでいたものを手にした時、人は少しも幸せになってはいないのだ。

このフリーデリケとの愛の軌跡を、ゲーテはまた、花火に喩えてこう記している。

このような若い時代のいきあたりばったりの愛着は夜空に打ち上げられた花火にも似ている。それはゆるやかなまばゆい線を描いて夜空に舞い上がり、星の中に紛れ込み、瞬間そこにとどまるかに見えて、再び下降線を描きつつ遂に落下し、その弾道を終えようとするその間際に、それは爆発を引き起す。（『詩と真実』より）

このようにしてやがて、二人には別れの時が訪れる。その時の別れの光景をゲーテは次のように記述している。

このような衝動と混乱の中で、しかし私はもう一度フリーデリケに会わずにはいられなかった。それは辛い日々ではあった。その思い出はもう私には残ってはいない。私が彼女に馬から手をさしのべた時、彼女の眼には涙が浮かんでいた。私は胸塞がれる思いがした。（『詩と真実』より）

しかし、この別れの記述は、それまでの有頂天なまでの愛の喜びのそれに比べて、あまりにも淡々としたもので、われわれに意外な感を覚えさせる。そして、フリーデリケと別れての帰途、ゲーテは有名な幻視体験をしたという。「八年後、その時に幻で見た服装で、それも自分ですすんで選んだわけではなく、たまたま身につけた服装で、もう一度フリーデリケに会うために同じ道をたどる」ことになるが、その八年後の自分の幻影がむこうから馬に乗ってやってくるのに出会う。

このことにどういう意味があろうと、この不思議な幻影は、この別れの瞬間の私の気持ちをいくらかでもやわらげてくれた。ここで得たすべてのものと共に、この素晴らしいエルザスを永久に立ち去るんだという心の痛みはやわらげられ、私は別れの辛さからようやく立ち直って、再びおだやかな晴れ晴れとした気持ちで旅行を続けることができた。（『詩と真実』より）

この物語もどこまでが真実なのかは疑わしいが、虚実織り交ぜつつ、このように、フリーデリケとの愛の物語が語られていく。やがてフランクフルトに帰ったゲーテのもとにフリーデリケからの別れの手紙の返事が届く。それがゲーテの心を引き裂く。

私が書き送った別れの言葉に対するフリーデリケの返事は私の心を引き裂いた。そこに書かれてあったのは、私のために彼女が培ってきたその同じ手になる同じ心の同じ感情だった。今初めて私は彼女の蒙った損失を感じた。そしてそれを埋めるすべも、やわらげるすべもないことをさとった。グレートヒェンは私から奪い取られ、アネッテは私を捨てたが、今度という今度は初めて私のほうに罪があった。私は世にも美しい心にその最も深いところで傷を負わせたのだ。（『詩と真実』より）

今、はじめてゲーテはフリーデリケへの断腸の思い、慟哭の思いを口にする。彼が彼女の中に培ってきた、そして、彼女が彼のために培ってきた感情が、心が文字どおり傷ついているという真実に、ゲーテの胸はかきむしられる。歓喜に満ちた情熱の嵐の真っ只中に、ゲーテはフリーデリケを置き去りにした。かくて、ゲーテは、フリーデリケの宝とも言うべき屈託のなさを永久に葬り去ってしまう。

　ゲーテは、この後も、多くの女性に恋をし、恋されもしたが、フリーデリケ以上にひたむきに全身全霊を傾けて愛し、愛されたことはなかったろうし、愛されることの喜びと愛することの喜びをこれほど素直に満喫したことはなかったであろう。フリーデリケとの愛を歌った『逢瀬と別れ』の詩の末尾でゲーテは叫ぶ。


……

　されど、愛されることのなんという幸せ、
　ああ、神よ、愛することのなんという幸せ！

　両人の間ではしげしげと手紙が交わされたにもかかわらず、ゲーテの一通の手紙の草稿以外には今は残っていない。ブリオン家の人、特にフリーデリケの妹ゾフィーの手によって焼き捨てられ、ゲーテの手元に残っていた手紙もゲーテによって破棄された。

　八年後、一七七九年秋、ワイマールからスイスに旅行する途中、わざわざ寄り道して、ゲーテはフリーデリケと再会した。彼は彼女の一家から親切丁重に迎えられ、昔のことを追及されることはなかったという。快く和解してゲーテは別れることができた。

　四〇年後、『詩と真実』の中で、美しくフリーデリケとの恋が回顧されることになったが、この本が刊行される前年にフリーデリケは死んでいたので、この思い出の物語を彼女は眼にすることはなかった。

　しかし、その恋の結果にゲーテは長く納得がいかなかった。一体どこに罪があったのか。精算なき恋に身を委ねたことに罪があったのか。こういう場合、女性に非が言われることはないにもかかわらず、常に非は男性に求められる。罪の否定し難い事実は認めながらも、どこに罪があったのかがゲーテには分らなかった。恋人のもとにとどまることもできないことではない。しかし、それはお互いの情熱に対する不誠実ではないのか？　恋人に誠実であろうとすれば、情熱に不誠実となり、情熱に誠実であろうとすれば、恋人に不誠実となる。別れこそが自然ではないのか？　そういう自問自答がゲーテによって繰り返されたのではなかろうか。

徹底的な悲劇は回避される。しかし悲劇への予感をゲーテは痛切に感じる。しかし、この二人の関係をここであまりに仰々しく語るのは、この二人の愛にはふさわしくはない。「野ばら」の余韻こそが二人の愛にはふさわしい。このフリーデリケとの恋を通して目覚めた情熱をささえとして、彼はそれ以後の青春を疾走する。その中から生み出された作品が疾風怒濤期の作品群であった。そしてこの時期の最も優れた結実が『初校ファウスト』の「グレートヒエン悲劇」であった。

このフリーデリケ体験が作品化されたものとして、他に、『ゲッツ・フォン・ベルリヒンゲン』のヴァイスリンゲンとマリーの恋、そして『クラヴィーゴ』のクラヴィーゴとマリーの恋の物語がある。しかし、これらの物語では、フリーデリケ体験は十分に先鋭化されたかたちで表現されているとは言い難い。むしろ矮小化されていると言うべきである。これらの悲劇の動機はあまりにも具体的に過ぎる。世間的な栄達・出世を得ようとする青年らしい野望のために恋人を捨てる。これはよくある話で、二人のマリーの恋人をそのような悪役にしたてることで、ゲーテは自らの罪を断罪した。ゲーテは友人のザルツマンに宛ててこう書いている。

> 哀れなフリーデリケは、不実な男が毒殺されれば、いくらか心が慰められるだろう。

（ザルツマンへの手紙、一七七二年一〇月）

と。ただ、ゲーテに青年らしい野望があったことは事実で、フリーデリケとの小さな満たされた愛にとどまることで、「ゲーテ的なるもの」が窒息してしまうであろうことへの不安・恐れがゲーテにあったことは事実であろう。「自分はもっと大きな世界にはばたいていきたい」という切なる思いが根底にあったことは事実であろう。したがって、『ゲッツ』、あるいは『クラヴィーゴ』で描かれた不実が全くゲーテにあてはまらないとは必ずしも言えない。にもかかわらず、その悲劇がフリーデリケ体験の重みを十全に描き出しているとも言い難い。「フリーデリケ体験」の重みは、その悲劇の不可避性にこそある。それは情熱の悲劇と言うべきものである。その悲劇の要因が具体的、恣意的、偶然的なものに帰せられるとしたら、それはメロドラマの域を出ない。悲劇の悲劇たる所以はその不可避性にこそある。

結果的には、ゲーテがフリーデリケに不実であったことによって、ゲーテはフリーデリケの「小さな世界」をかき乱し、「フリーデリケの安らい」に風波を立て、彼女の面目である生の喜びの直接性、生の屈託のなさを失わせてしまった。

黙って彼女の話に耳を傾けているのは、とてもいい気持ちだったが、彼女は自分を取り巻く小さな世界や、特に尊敬している人々の事などを話して聞かせた。（『詩と真実』より）

私は一脚のベンチに腰をおろした。すると頑丈な木にフリーデリケの安らいと記した、小さな細長い板切れがかかっているのが目にとまった。そのときは、まさかこの安らいをかきみだすために、自分がやって来ることになろうとは、かりそめにも思いはしなかった。なぜなら、情熱の芽生えは、いつそれが生じたかを意識しないと同様に、いつかまた終焉を告げることのあるやもつゆ知らず、ただ一途に嬉々として、晴れやかな心のおもむくままに、不幸をかもしだすかも知れぬことなどは予感すらできないという美点をもっているからだ。

（『詩と真実』より）

こういった『詩と真実』の中の叙述もまた、再び『ファウスト』第一部の「森と洞窟」の場面でのファウストの独白を思い起こさせる。

おれは逃亡者ではないか？　宿無しではないか？
目当ても安らぎもない人でなしではないか？
滝水のように岩から岩へ轟き
欲望に狂って奈落へ落ちて行くのではないのか？
かたや、彼女はどうだ。あどけない心で
小さなアルプスの野の小家に住んで。
すべての日々の営みは
小さな世界に限られている
そして、神に見捨てられたこのおれは
岩をつかんで
それをこなごなに砕くだけでは満足せず、

彼女を、彼女の平和を葬り去ってしまったのだ!

ここでいう「小さな世界」はまた、フリーデリケの住む「小さな世界」でもあった。後に、フリーデリケは親しい人にこう語ったという。

"Wer von Goethe geliebt worden ist, kann keinen andern lieben !"

(ゲーテに愛された人は、他の人をもう愛することはできないのです。)

と。これは女としての嘆きの言葉か? 喜びの言葉か? 無事決定的な不幸を味わうことなく一生を終えていく女性で、どれだけこれほど愛されたという経験を味わった人がいるであろうか?

フリーデリケは、生涯、独身を通すことになる。

五　フリーデリケ体験の意義

フリーデリケへの愛を通して、ゲーテには何が目覚めたのか? 青春、力、生命、自然、そしてエロスであった。そしてそのエロスを通して、ゲーテには、永遠への愛・永遠への渇望が芽生える。そこにゲーテの愛の宗教性もまたあったと言うべきであろう。

エロスという概念はわれわれ東洋人には決して馴染みのあるものとは言えない。エロスと言えば、古代ギリシアの哲学者、プラトンの『饗宴』がまず思い起こされる。プラトンは「永遠の実在としてのイデア」を説いた哲学者として有名であるが、そのイデアを思慕する情熱を彼はエロスと呼んだ。

彼の著作は、もっぱら、プラトンの師ソクラテスとの対話という形式で書かれているが、この『饗宴』でも、師のソクラテスと他の五人の演説者によって、エロスの何たるかが論じられる。この六人の演説者の中では、ソクラテスとアリストファネスの演説が際立っている。それ以外の四人はただエロスの何たるかを定義しないまま、美辞麗句を弄してエロスを褒め称えているだけであるが、ソクラテスとアリストファネスは深くエロスの本質に迫っている。簡単にそれを紹介しておこう。

アリストファネスは神話の形式をとって、エロスの何たるかを説明する。彼によれば、人間はもともと球体であったという。そしてそれは完全を意味していた。しかしその人間の完全性のため、人間はその能力をかさにきて、したい放題、狼藉三昧を繰り返し、ギリシアの神々を悩ませる存在になってしまっていた。それに業を煮やした主神、ゼウスは人間を球体の半分の存在にしてしまう。それ以来、人間は自分の半身を求め、夜も日も明けず、愛に焦がれ、恋に焦がれ、それにうつつをぬかし、神々を悩ませる存在ではなくなったという。この神話の形式を借りた演説によって、アリストファネスはエロスの深い本質を言い当てている。つまり、エロスとは、恋とは、かつての自分の半身を求める衝動、その半身と再び一つになりたいという衝動であるという。そしてそれはまた不完全な存在である人間が再び完全な存在に回帰したいと願う欲求である。

このアリストファネスの演説を受けて、ソクラテスはさらに、エロスとは、「欠けているもの」と「欠けていないもの」、「永遠なるもの」と「永遠ならざるもの」、「滅びるもの」と「滅びざるもの」、「美と善」と「そうでないもの」、「有限者」と「無限者」の中間者としての神霊（ダイモーン、デーモン）であると言う。彼によれば、人間は中間的存在、半端な存在として、単なる動物でもなく、神々でもない存在であった。その人間に内在する神霊的なものをソクラテスはエロスと名づけた。人間は自らが欠けたる本性をもち、限りある存在であることを知るが故に、このエロスによって、異性を求め、優れた人間に憧れ、優れた文物を希求し、文化を創造し、後世に子孫を、そして名を残し、この世界に自分の足跡を残していこうとする。エロスこそが人間の向上心の源であるのだが、現代においては、このエロスがしばしば矮小化されて卑しいものに成り果てている。

エロスは、「欠けたるもの」「限りあるもの」としての意識から発するが故に、欠けたる意識、限りある意識に苛《さいな》まれ、コンプレクスに苛まれる青年期にこそ、エロスが最も活性化し、そのために、青年はまたしばしば死を思い、滅びを思う。自分がはかない存在であり、死すべき存在であることを生き生きと実感するこの青春の時期に、青年はまたしばしば感傷に浸る。しかし、この時期に人間にはまた逆に強烈な生への思い、性への執着が芽生える。そこに青年の活力の源泉がある。生の高潮の中で、死を思い、死の不安の中で、生への憧れを痛切に感じる。すべからく人間においてそうであるが、青年において特にそれが激しい。

ねがはくは花のもとにて春死なむ
　その如月《きさらぎ》の望月《もちづき》のころ

と歌った西行法師は、桜の歌人と呼ばれるが、彼はまた強烈にエロスの詩人であったとも言えよう。満開の桜の生命が高揚する中で、逆に彼は死を想う。そこに日本人の独特のエロス観があるように私には思える。

恋の情熱、創造の情熱であるエロスが最も純粋に活性化する青春時代、この時代こそがまた、ヘルダーによれば、最も創造的な季節であった。しかし同時にまた、自分に欠けているものが強烈に感じられる最も痛ましい時期であると言うこともできる。

このエロスなしに、ゲーテの生はない。しかしまた、それがゲーテにとっての悲劇の源泉ともなった。後年、ゲーテはこう言っている。

もし私が自分の好きなように振舞うことがあれば、私自身はおろか、私の周囲の人々までも破滅に陥れるようなものが、私自身の中にあったであろう。（エッカーマン『ゲーテとの対話』より）

エロスとは、「永遠への渇望」であるにもかかわらず、エロスの人、ゲーテは、「大地に根ざす人間として瞬間の恵みを待望している」（ホーエンシュタイン）。ゲーテは観念的なものでは満足しない。はかなく移ろいゆく、時間的なものを待望している。待望する永遠と時間、これは矛盾である。はかなく移ろいゆく瞬間の恵みへの愛を通して、ゲーテには逆に永遠への愛が目覚める。しかし、この世のはかない恵みを通して得た瞬間の美しい美酒が飲み干される時、つまり、情熱・渇望が満たされる時、この世のはかない恵みは精彩を失い、それへの愛もまた収縮する。しかし、ゲーテにとっては、愛、情熱を通して得た感情の聖化こそがすべてであって、「あとは閾《いき》（敷居）に過ぎぬ、通路に過ぎぬ、形而上的な一契機に過ぎぬ」とホーエンシュタインは言う。感情の高揚、感情の聖化、それこそがすべてであって、それ以外はそこに至るための通過点、きっかけ、手段に過ぎない。そこに達し得た時、通過点は捨てられる。エロスにとって、恋人がそれであった。恋人は、無限への、永遠への感情であるエロスを呼び覚ますための通過点、一契機に過ぎない。その機能を果たし終えた時、恋人は捨てられる。そこにエロスの残酷がある。エロスとは一過性の情熱の嵐であり、「拡張と収縮を繰り返す宇宙的な運動」であるとホーエンシュタインは言う。拡張と収縮、高揚と収束、それは必然の運動である。その必然的な運動の中に、たまたまフリーデリケが巻き込まれたに過ぎない。その必然的な運動がはたして罪であろうか。必然性に罪はない。必然と罪は矛盾する。愛の収縮の罪は決して意図的な行為ではなかった。にもかかわらず、それが罪と言えるのであろうか。それがゲーテには長く不可解な謎であった。

エロスは日常性を嫌い、時間的、日常的な制約を嫌い、杓子定規、規則、ありきたりを嫌い、相対的なものを嫌う。つまり、エロスは絶対的であることを願う。一切か、しからずんば死か。エロスにとって相対はありえない。時間的、ありきたり、相対的といった日常的・時間的次元を越えて、非日常的次元への上昇を求めていくところにエロスの衝動がある。それはまたヴェルター的情熱と呼ばれるべきものである。日常性に回帰できない情熱、それがわれわれが次に論じるヴェルター的情熱であり、その情熱の有りようを次にみていこう。

第3章

『若きヴェルターの悩み』

一　小説の背景

前章において、日常性には回帰できない情熱を、ゲーテの作品、『若きヴェルターの悩み（Die Leiden des jungen Werthers）』の主人公、ヴェルターに因んで、私は**ヴェルター（Werther）的情熱**と呼んだ。日本では、普通ヴェルターをウェルテルと呼び習わしているが、私はドイツ語の発音に忠実に、ヴェルターと表記しておく。

『若きヴェルターの悩み』は、ゲーテの作品としては、『ファウスト』と並んで名高い作品であるが、この作品を、傑作という意味でゲーテの代表作に挙げてしかるべきかどうかは別にして、良きにつけ悪しきにつけ、発表当時、これが極めてセンセーショナルな内容をもった作品であったことは確かで、主人公を真似て、自殺をする青年は跡を絶たなかったという。『ゲッツ・フォン・ベルリヒンゲン』によってのドイツ文壇の寵児として輝かしく一線に踊り出たゲーテが、さらにヨーロッパで一躍新進作家としての知名度を上げたのはこの作品においてであった。この作品に若きゲーテの血と肉が凝縮されていることは間違いない。

この物語は、一言で言えば、青年ヴェルターと人妻ロッテとの容れられぬ恋の物語ということになろうが、とりあえず、その物語を以下に簡単に記しておこう。物語は第一部と第二部からなる。

第一部

ヴェルターは傷心の思いを抱きつつ、友人からも、親しくしていた女性からも離れ、ヴェツラーとおぼしき村を訪れ、一人孤独に、青春の傷つきやすい心を豊かな自然の中で癒やす。その溢れるような豊かな自然に触れ、歓喜に酔いしれながら、それでいて、心はどこか空ろで、溢れる情熱はその出口を求めて悶々としている。

そんなある日、知り合いにダンスパーティーに誘われ、そのパーティーに行く途中、ロッテと呼ばれる女性を誘っていくことになる。ロッテの家に立ち寄り、その家の戸口に立ち、彼女を見た瞬間から、ヴェルターは彼女に心を奪われる。それはロッテが六人の小さい兄弟姉妹のためにパンを分け与えているところであった。ロッテの兄弟姉妹にはすでに母親はなく、彼女が小さい兄弟姉妹たちの母親代わりを務めていたが、その光景にヴェルターは魅惑される。ダンスの際に、ヴェルターはロッテにいよいよ夢中になり、彼女に魅了される。しかしその時、彼女にはすでにアルベルトという婚約者がいることを知らされ、ヴェルターの心は動転する。

しかし、婚約者のアルベルトと知り合いになってからも、アルベルトが仕事で忙しいのをいいことに、ヴェルターはロッテのところに居ずっぱりになる。しかしロッテを深く信頼しているアルベルトはそれを寛容に受けとめ、三人一緒に、時にはロッテと二人だけで、ヴェルターは幸せ日々を満喫する。しかし、徐々にヴェルターはロッテを独占したい思いが抑えきれなくなり、ついにロッテの唇を奪ってしまう。ロッテがそれをアルベルトに打ち明けたために、アルベルトはロッテに、あまりヴェルターに心を許しすぎないように忠告する。

しかし、それでもしばらくは三人一緒に平穏な日々を過ごすが、やがてヴェルターはそれに耐えきれなくなり、精算なき恋に終止符をうつために、ついに二人のもとを去る決心をする。別れを告げたヴェルターに、それが長の別れになることを知らないロッテは、「また明日ね」と無邪気に返事を返す。それをヴェルターは切ない思いで受けとめる。

第二部

ロッテのもとを去ったヴェルターは公使館で勤め口を見つけるが、上司の公使との関係がうまく行かず、ロッテのそばにいることができないということで、悶々と心癒やされぬ日々を送る。精神的に落ちこんでいたある日、ヴェルターは、親しくしていたある伯爵をたずねるが、つい彼は長居をしてしまい、たまたまそこで、その日、貴族仲間のパーティーがあり、貴族でない彼は、退席すべきであったにもかかわらず、無頓着にも居残っていたために、作法をわきまえないけしからぬ奴だと陰口をたたかれることになる。精神的に悶々とし、落ちこんでいたヴェルターはこれを聞き、社会の、世間の精神の狭隘さに絶望し、それを境いにいよいよ自分の世界に閉じこもり、人との、世間とのかかわりを失ってしまう。

再び、ヴェルターはロッテのもとに帰るが、しかしすでにアルベルトと結婚していたロッテのもとでは、彼の心は満たされず、自暴自棄な思いをロッテにぶつけるばかりだった。そしてそれをヴェルターはロッテからたしなめられる。ロッテはアルベルトよりも自分にこそふさわしいと考えるヴェルターは、アルベルトが死んでくれたらとさえ願う。ついにヴェルターはアルベルトの不在の時にロッテを訪れ、ロッテに熱烈に愛を乞い、ロッテを抱きしめ、唇を奪うが、ロッテはそれに対して激しく拒否する姿勢をとり、以後あなたとは会えないと彼女に突き放される。かくてヴェルターは死を決意する。

ヴェルターは、人を介して、アルベルトに、旅に出るので護身用にピストルを貸して欲しいと頼む。ピストルを貸すことにロッテはためらい、もしやヴェルターは自殺をするのではないかと、ロッテの心は不安に打ち震えるが、アルベルトから貸してやりなさいと強く言われ、ロッテは止む無く自らピストルをその使いに手渡す。ヴェルターは、ロッテが手ずからピストルを渡してくれたと聞き、それに歓喜し、ピストル自殺をとげる。

ゲーテは、フリーデリケ・ブリオンと別れ、一七七一年、二二歳の時に、シュトラースブルクで法律得業士の資格を得た後、故郷、フランクフルトに帰り、弁護士を開業する。しかし、弁護士業に熱心ではないゲーテはその仕事の多くを仕事をもたない父親に任せきりで、一七七二年には、ドイツがまだ神聖ローマ帝国と呼ばれていた時代の帝国最高法院の実習生として弁護士の研修をするという名目で、ヴェツラーを訪れる。そのヴェツラーでの体験が下敷きとなって『若きヴェルターの悩み』が成立する。父親の勧めもあったが、ゲーテにとって息苦しいフランクフルトから抜け出したかったというのがこのヴェツラー行きの本音であったと思われる。ヴェツラーの帝国最高法院は、その形式的権威にもかかわらず、裁判事情は渋滞を極め、この時期の未決件数は一万六二〇〇件に上り、機能停止の状態にあり、勉強にはならなかった。しかしそれを幸いに、ゲーテは恋にうつつをぬかしていた。

ヴェツラーは、ライン川とコブレンツで合流するラーン川を遡った地点にあり、現在も小さなな田舎町であるが、周りを豊かな自然に囲まれ、木組みの家の密集する美しい町である。この町の印象を、ゲーテは『ヴェルター』の

中で、

町そのものは、余り愉快ではないが、一歩町の外に出ると、名状し難いばかりの自然の美しさに取りまかれている。（1771, 5, 4、以下、書簡体小説の日付を付しておく）

と書き記している。この町で、ゲーテは素晴らしい自然に恵まれ、シャルロッテ・ブッフ（Charlotte Buff）に出会う。そしてシャルロッテ・ブッフには、当時すでに、小説と同様、ケストナーという婚約者がいた。そしてこの時の恋の体験が小説『ヴェルター』のベースになっている。

この小説の構成は、書簡体形式をとっており、ヴェルターが友人ヴィルヘルムに宛てて書く手紙の中で、物語が進行していく。第一部では馥郁《ふくいく》たる青春の情感が描かれ、第二部では抑圧された青春の情熱がはけ口を見出せずに滅んでいくという内容になっている。

それでは、『若きヴェルターの悩み』はそもそも悲劇であろうか。もちろん悲劇である。しかし、そのモティーフ（動機）は必ずしも鮮明ではないし、単純でもない。その最も単純な誤解は、それを単なる失恋の悲劇と見ることにある。グンドルフも言っている、「悲劇的な結びをもった不幸な恋の物語であるという誤解がこの書にものすごい成功を得させたのである」と。さらにR・フリ

ヴェツラーの町（1）

ーデンタールもまた「その成功は詩的内容に負うところは少なく、その名声は多くの誤解に負うものであった」と言っている。当時としては極めてセンセーショナルな内容の結びをもっていたということがこの書をあれだけ有名にしたのであって、その内容が十分に理解された上で、人々の共感を呼んだものであったとは必ずしも言えない。しかし、これが悲劇であることは間違いない。後年、ゲーテはツェルターに宛てて、「あれは、私がペリカンのように、私自身の心臓の血で養い育てたものだ」と言っている。ペリカンは自分の雛を自分の心臓の血で養うという伝説が当時あった。この『ヴェルター』は、まさに若きゲーテの青春の血が脈打つ、自身の青春の焦燥と苦悩の表明であった。

しかし、小説の素材としてのゲーテとシャルロッテ・ブッフの現実の恋は一つの牧歌・田園詩であった。茅野蕭々氏は「ゲーテのヴェツラーにおける短い滞在は、彼にとって苦しいと共に愉快なものであったに相違ない」と語り、「ケストナー（シャルロッテの婚約者）と共に、時にはケストナー抜きで、ロッテと共に、夏が過ぎて行く。それはまぎれもないドイツ的な牧歌、実り豊かな大地が散文を、純粋な愛着が詩を生み出してできた牧歌である」と、R・フリーデンタールは語っている。『ヴェルター』の中でもこう書かれている。

さようなら！　それにしても素晴らしい夏だ。私はよくロッテの果樹園の木に登って、実を取るための長い棒で、梨の実を梢からもぎ取る。それを私が彼女の方へ落とすと、彼女は下にいて、それを拾い集めるのだ。

(1771, 8, 28)

いささか感傷を交えながらも、ほろ苦く、また愉快な夏の思い出の余韻、牧歌のトーンが『ヴェルター』第一部の大きな魅力となっている。季節の移り変わりと共に醸し出される情趣の移り変わりの中で、若いゲーテが謳歌した豊かな青春の香りが感じられる。

シャルロッテ・ブッフの婚約者のケストナーは、小説のアルベルト以上に、ゲーテとシャルロッテとの関係を寛容に受け止め、ゲーテとケストナーの信頼関係・友情関係は終始大きく揺らぐことがなかった。

しかし、そういうお互いの節度・友情関係の中にも、時には、ゲーテに抑え難い愛着とか衝動があったことは事実で、小説では、ロッテへの愛着が強くなり、ヴェルターはロッテを独占したい思いを抑え難くなり、アルベルトに対して殺意をふと覚えるというくだりがある。

もしアルベルトが死んだら！　おそらくおまえが！　そうだ、きっとあのひとは……！（1772, 8, 21）

しかし、これは小説の虚構であろう。ブランデスは言っている。「読者はこの犯罪的気まぐれを本当だとは信じない」と。

三人の関係は表面的には何事もなく、平穏のうちに過ぎていったが、状況は時折気まずいものになる。ケストナーはシャルロッテを幸せにできるのは自分ではなくて、ゲーテではないかとさえ思うようになる。ゲーテも愛着を募らせ、ついにロッテから接吻を奪うという仕儀に至る。ことここに及んで、ケストナーはシャルロッテにゲーテを冷淡にあしらうように忠告するが、それも大してしこりを残さなかった。しかし、ゲーテも二人に余りに甘えすぎるのをよしとせず、ヴェツラーを去る決意をする。

小説の第二部の終りの場面でそれが再現される。ヴェルターは、今生での別れ、死後での再会を約しての別れを告げたつもりであるが、ロッテは明日の再会を約しての別れと受け取る。ヴェルターはその心のズレを悲しむ。ゲーテもまた、シャルロッテとの別れの時の心境を、別れた直後に書き送ったケストナー宛ての手紙でこう記している。

私は大変落ち着いていた。しかし君たちの話（死後の話、死後の再会の話）は私の気持ちをずたずたに引き裂いてしまった。私は今、さようならとしか言えない。もう少し君たちのところにとどまっていたら、私には耐えられなかったろう。さて今私は一人ぼっちになった。明日は発つ。おお哀れな私の頭よ。

にもかかわらず、ヴェツラーでの五月から九月に至る夏の思い出はやはり牧歌であった。しかしその思い出に、当時彼の胸の奥に去来したさまざまの感情や情緒や思想が加わることによって、悲劇『若きヴェルターの悩み』が成立する。このさまざまの感情や情緒や思想こそが、若いゲーテが「ペリカンのように自身の心臓の血で養い育てたもの」であった。

二　悲劇の必然性

以上、いささかの悲しみを抱きつつ、シャルロッテのもとを立ち去ったとは言え、ゲーテ自身の体験をつぶさに見ていけば、彼自身の体験は悲劇からは遠い。にもかかわらず、彼の体験から悲劇『ヴェルター』が誕生する。その必然性はどこにあったのであろうか。

第一部では、馥郁たる青春の情感が書き記されているが、その素材となったものは彼自身のヴェツラーでの体験であった。第二部では、抑圧された情熱がはけ口を見出せず、主人公が滅んでいく筋立てになっており、その素材としては、シャルロッテから別れて後見知ったマクシミリアーネ・ブレンターノへのゲーテの思慕と、その夫ブレンターノとの葛藤が加えられてはいるが、その素材の中心は彼の友人、イェルーザレムの失恋と自殺であった。したがって、第二部では、ゲーテ自身の体験と見られる要素は少なく、種々の創作上の作為が挿入されている。極端な評価として、ブランデスは、『ヴェルター』は、第一部の生命感情の高揚こそがすべてであって、ヴェルターは本来そんなに泣き上戸ではない、激しい情熱が月並みな田園詩に終わるなら、詩的興趣を殺ぐであろうから、悲劇的な結末を必要としたのであると言って、第二部を評価せず、全くその物語の悲劇の必然性を認めていない。

しかし、イェルーザレムの自殺の知らせをケストナーから受けて、この小説は一気に出来上がる。ゲーテはその知らせを受けて、「自分の運命となり得たものが突然自分の身のまわりに起った」と言っている。イェルーザレムと同じ悲劇の必然性をゲーテは自身の中に認めた。

シャルロッテの肖像画

小説の素材をもう一度整理してまとめておくと、

一．ゲーテ自身のヴェッツラーでのシャルロッテとの体験
二．ゲーテのマクシミリアーネ・ブレンターノへの思い
三．ヴェッツラーでの騎士の円卓（Rittertafel）仲間のイェルーザレムの失恋と自殺

ということになる。さらに、小説のモデルはそれぞれ複数で、以下にそれを挙げておくと、

ヴェルター――ゲーテ自身／イェルーザレム
ロッテ――シャルロッテ・ブッフ／マクシミリアーネ・ブレンターノ
アルベルト――シャルロッテ・ブッフの婚約者であり、後の夫であるケストナー／マクシミリアーネ・ブレンターノの夫

ということになる。かくて、ロッテの容姿はマクシミリアーネのそれであり、ゲーテは、シャルロッテ・ブッフの青い瞳の代わりにマクシミリアーネ・ブレンターノの漆黒の瞳をロッテにもたせることによって、情熱的なヒロイン像を作り上げた。シャルロッテ・ブッフの性格は気立てがよく、淑やかで、健康的で、弱々しいところがなく、活動的で、仕事が大好きな、見るからに爽やかな、いくらか感じやすいけれども感傷的ではない、実行力のある女性であった。要するに、健康的で、素朴で、家庭的で、情熱的な恋の対象であるヒロインには相応しくない一面があった。そこに漆黒の瞳のマクシミリアーネの性格が加わることで、いくらか落ち着きはなくなるが、その分情熱的になってきている。しかし、その小説のヒロインであるロッテの面影はあくまでも、その多くがシャルロッテ・ブッフのものであることは言うまでもない。ヴェルターの感傷癖はロッテの健康さの中に慰安を見出す。ヴェルターとロッテの性格は対照的であるが故に、ヴェルターはロッテの中に、自分にないもの、自分に欠けているものを見出し、ロッテに惹かれた。ヴェルターは言っている。

病人にとって、ロッテはほんとうにありがたい存在に違いない。(1771, 7, 1)

感傷癖もまた一種の病気であろう。

しかし、現実のゲーテは、感じやすい一面をもっていたと同時に、健康・素朴であり、シャルロッテと共通する一面があった。シャルロッテの健康と素朴は不安定に揺れ動くゲーテの心を沈静させる一面があった。と同時に、シャルロッテの健康と素朴はゲーテのそれと一脈通じるものがあって、そこにまた、ゲーテは惹かれたとも言えるのではなかろうか。ブランデスも言っている。「第一に彼を彼女に惹きつけたのは、現在に忠実であろうとする精神、つまりゲーテ的な特質である」と。現在に忠実であろうとする精神とは、目の前にある仕事を堅実にこなしていく活動的な、実行力のある精神を意味しよう。ゲーテにも不安定に揺れ動く弱さがあったとは言え、ヴェルターの弱さは多分にもう一人のモデル、イェルーザレムのものであって、しかもゲーテは、この無口で激しやすい憂鬱な気質の青年に我慢ができず、ほとんど彼とは交渉がなかった。ヴェルターもまた小説の中で、そういうタイプの青年のことをひどくこき下ろしている。イェルーザレムもまたゲーテのことを反感をもって見ていたと思われる。

しかし、このイェルーザレムが、彼の自殺によって、一気にヴェツラーでの交友仲間の中でゲーテにとって一番近い存在となる。彼の自殺の報を受けて、ゲーテはケストナーとシャルロッテに宛ててこう記している。

友の妻に対する不幸な愛着によって引き起こされたイェルーザレムの死は、私を夢から揺り覚ましました。……不幸なイェルーザレム！　その知らせは私を驚かせたし、予期しないものでした。……気の毒な青年！　私が散歩から戻って、戸外の月の光の中で彼に出会った時、彼は恋していると私は言ったものだ。私がそのことで微笑んだことをロッテ（シャルロッテの愛称）は今も覚えていると思う。確かに、孤独が彼の心を掘り崩したのだ。数年来、私は彼を知っているが、ほとんど口をきいたことがなかった。私が旅立つ時、私は彼から一冊の本をあずかってきたが、生ある限り、私はそれを持っていて、彼を偲ぶよすがとしたい。

自己感情の強い、非常に激しやすい性質は、確かにゲーテのそれで、これはお互いに相通じる一面であったが、控えめで、憂鬱な、悲観的な性質はゲーテに反する一面でもあった。友と交わることを好まず、自尊心の強さ故に傷つきやすく、この内向的な性分がイェルーザレムの自殺の原因の一つになったことは間違いなかろう。こういった性分から来る悲劇が、『ヴェルター』の伯爵家での不快な貴族のパーティーの場面に反映している。伯爵家で受けた侮辱を境いに、ロッテとの恋もままならぬまま、精神的に行き詰まっていたヴェルターはいよいよ世間からも背を向け、悲観的な気持ちを深めていく。表面的には、小説では、この場面が自殺への大きなきっかけになっている。いわゆる「傷つけられた自尊心」という自殺のモティーフである。

フランス革命時の英雄ナポレオンは、ドイツへの遠征の時（一八〇八年）に、ゲーテとの会談を希望、ゲーテに直接、『ヴェルター』の感想を述べる。自分は『ヴェルター』を七回も読んだと言った後で、彼は、この「傷つけられた自尊心」のモティーフを不自然なものとし、それはかえって、「恋愛がヴェルターに及ぼした圧倒的な力の印象を弱める」とまで言った。『ヴェルター』は情熱的な恋愛小説として一貫させるべきで、このモティーフは余計な作為であるとした。ゲーテはそれを鋭い分析と評価している。

しかし、グンドルフは、この物語を単なる不幸な恋の物語であるという悲劇にとどめないためには、このモティーフは必要であるとした。また、木村謹治氏は、このモティーフはヴェルターの自由への止み難い衝動、制約されぬものへの情熱を明快に示すものとして積極的に評価している。

しかし、私がドイツでお世話になった、当時ケルン大学の教授であられたロルフ・クリスティアン・ツィンマーマンは、「ゲーテはいかなる外的な事情にもヴェルターの悲劇的な結末の責任をもたせようとは考えていない。ヴェルター自身の中に禍の根源がある」と述べておられる。「傷つけられた自尊心」、あるいは失恋がここでいう外的な事情にあたる。したがって、R・Ch・ツィンマーマンの考えからすれば、失恋もまた悲劇の原因とするにはあたらない。そして私もまた同意見である。現に、ヴェルターはいみじくも言っている。

真実、私は思う、私にのみ一切の罪があると。いや、罪だろうか。私の中に一切の悲惨の根源が隠されているというだけで十分ではないか。かつて私の中に一切の至福の根源があったように。（1772. 11. 3）

『ヴェルター』を一つの田園詩、牧歌にとどめないために必要としたのは、イェルーザレムの厭世と失意である。それは確かであろう。「小説はまだその形をとるにはいたらなかった。そこには事件が、それが体裁を取るためには一つのプロット（eine Fabel）が欠けていた」（H・ハイス）。しかし、イェルーザレムの自殺の報告を受けることによって、「この瞬間に、ヴェルターの草案が見出された。全体があらゆる方向から集まって結晶するに至った。すでに氷点に達していた容器の中の水がほんのわずかに揺すられることによって固い氷に変化するようにそれは凝固せる塊となった」（H・ハイス）。イェルーザレムの体験を物語に挿入する事で、ヴェルターは決定的な自殺の心理的な動機づけを得ることになった。それは確かである。

しかし、そういう自殺の動機付けを挿入し、イェルーザレムというモデルが加入することによって、ヴェルターという人物像はやや統一を欠くことになり、自殺の動機が具体的な動機に限定して見られがちというマイナス面をもったことは確かであろうし、これを作為的とするマイナス評価は多い。

ゲーテとイェルーザレムの性格には、類似する所が必ずしも多いとは言えない。にもかかわらず、どうしてイェルーザレムという人物像を導入してまで、ゲーテはヴェルターを自殺させたのか？　それは単なる作為なのか？当時、ゲーテに、ヴェルターをして自殺せしめずにはおかなかったような内面的な衝動、必然性はなかったのか？

ゲーテ自身がモデルの第一部ですら、ヴェルターの横溢する健康さにもかかわらず、その裏にはつねに死の影がある。R・Ch・ツィンマーマンも言われるように、小説の初めから「ヴェルターがいかに死に親しんでいるか」ということ、それをわれわれは見逃してはならない。

とにかく、こちらへ来て、私は非常に元気だ。楽園にも似たこの土地で、孤独は私の心にとって貴重な清涼剤だ。それに、若やいだこの春の季節は、とかく怯えがちな私の胸を溢れるばかりに豊かに暖めてくれる。(1771, 5, 4)

私が胸一杯に味わう春の甘美な朝の大気のように、何か不思議な明るさが、私の魂をすっかりとらえてしまった。私は全く一人きりだ。そして、まるで私のような魂のためにつくられたようなこの土地で、自分の生活というものをしみじみ楽しんでいる。(1771, 5, 10)

私の心ほど変りやすく、常ならぬものを、君だって見たことがないだろう。私が悲愁から放埒へ、甘美な憂愁から破壊的な情熱へ移っていくのを幾度となく見せつけられた君に、いまさらこんなことを言う必要はあるまい。(1771, 5, 13)

『ヴェルター』の小説には、生の横溢する歓びと共に、常に死の影がある。心の、情熱の、エロスの「生」と「死」が小説のテーマであると言えないだろうか。ヴェルターの心、情熱、エロスが死ぬ時、ヴェルターは又命を絶つ。

三　情熱の悲劇

『ヴェルター』第一部の魅力は、そのみずみずしい官能・感性の喜び、生命の高揚感にあった。それは愛による、エロスによる認識の敏感性と言っていい。そしてそれはフリーデリケ・ブリオンとの恋を通してゲーテに覚醒させられたものであった。その端的な表現をわれわれはフリーデリケとの恋を歌った『五月の歌』の中に見た。愛の目覚めは、生命の高揚感を生み出し、認識能力の敏感性を生み出し、自然との一体感を生み出す。『五月の歌』のように手放しではないにしても、一抹の翳りは見せながらも、生命の高揚感、認識能力の敏感性、その余韻が『ヴェルター』にも色濃く残っている。生き生きとした自然の息吹に触れて、ヴェルターは自然の中に陶然として身を浸す。

　私は一人ぼっちだが、私のような心のためにつくられたかのようなこの土地で私の生活を楽しんでいる。……私のまわりの愛らしい谷がけぶり、光を通さない森の暗がりの上に太陽が高く休らい、ただわずかの光だけが奥深い聖なる場所にさしこんでくる――そんな時、私は流れ落ちる川のそばの丈高い草の中に横たわり、地面の高さから数え切れないいろいろな草々を観察し、草の茎の間の小さな世界のうごめきや、無数の目にもつかない小さな虫やブヨの存在を私の心のすぐそばに感じ、そして私達を自分の姿に似せて造りたもうた**全能の神の存在**、私達を永遠の歓喜の中に漂わせ、支えてくださる**愛なる神の息吹**をひしひしと感じる。（1771, 5, 10）

ここでは、自然が神であり、神が自然であり、ゲーテ特有の汎神論的自然観が色濃く反映している。それは万有との一体感であり、彼は、自然が「大地の底で互いに作用し、互いに創造し、働き合う」のをひしひしと感じる。ヴェルターが究極において願うもの、それは

無限なるものの泡立つ杯からあの溢れる生の歓喜を飲み干し、たとえ一瞬たりとも私の胸の限られた力の中で、一切を自身において、それ自身の中から生み出す存在の至福の一滴を味わいたい。(1771, 8, 18)

ということに尽きる。ここでいう「無限なるもの」は、自然の命であり、神であり、全能者であった。ヴェルターの限られた胸の中で、彼は自然の力の限りを、神、全能者の息吹きを味わいたいと切に願う。言い換えれば、感情の聖化・神化、精神・感情の高揚が彼にとってのすべてと言ってよい。こういった感情の聖化をヴェルターは恋愛において求める。自然だけではそれは満たされない。点火を求める情熱の沸騰にヴェルターは苦痛をすら覚える。

ロッテの家

私の本を送ろうかと君はたずねてくれるが、友よ、お願いだから、本なんか勘弁してくれたまえ。指導だとか、激励だとか、私はもうそんなものはまっぴらごめんだ。そうでなくても、この胸は一人で沸き立って困っているんだから。私に必要なのは、むしろ子守唄だ。……本当に、私はたぎり立つ血潮をしょっちゅう子守唄で寝かしつけなくてはならない。(1771, 5, 13)

その沸騰する情熱をもてあますヴェルターの前に現れたのがロッテであった。情熱に点火する存在を得て、ヴェルターは歓喜する。出会いの後のダンスの場面でヴェルターはこう叫ぶ。

> 私はもはや人間ではなかった。愛すべきこの人を腕に抱いて、稲妻のように踊り狂った。そして、まわりの世界はすべて消え失せた。(1771, 6, 16)

> その時以来、日も月も星も静かに運行はしているが、私には昼も夜もなく、私のまわりの全世界がその姿を失った。(1771, 6, 19)

> 神が聖者のためにとっておいてくれたような幸せな日々を私は送っている。私はどうなろうとかまわない。しかし、生ある限り、その最も純粋な喜びを私が味わったことはないとだけは決して言うことができない。(1771, 6, 21)

しかし、あまりに激しい有頂天なヴェルターの情熱をロッテは危惧する。

> あなたはどんなことにも熱中しすぎて、そのことで、身を滅ぼすことにもなりかねないと言って、彼女は私をたしなめた。(1771, 7, 1)

しかし、このヴェルターの情熱がロッテを対象としていかに燃え上がろうと、ヴェルターの情熱はロッテで限定しきることができるのであろうか？　言い換えれば、ロッテという存在で充足を見出すことができるのであろうか？　そういう危惧をわれわれは覚える。彼が欲するのは絶対であって、相対ではない。ロッテは彼の精神の高揚を完全に満たす存在であるのだろうか？　所詮、ロッテもまた相対的な、日常的な存在ではないのか？　エロスは非日常的な情熱であったはずである。そこに、ヴェルター的情熱が絶対的であるが故に、破壊的である所以がある。グンドルフはヴェルターを「感情の巨人」と呼んでいる。あの女々しく、一見したところ、ひ弱に見えるあのヴェルターのことを。

前田敬作氏は言っておられる、「彼は愛を通じて神にいたろうとする。彼が愛の中に求めるのは、一つの宗教的な実存である」と。自然との合一、神との、宇宙との合一を求めるヴェルターの希求をホーエンシュタインは「宇宙愛」とも呼んでいる。したがって、ホーエンシュタインは「ロッテやロッテに対する愛はこの宇宙愛の応用、或いは限定であるに過ぎない」と言う。この故に、相対的存在としてのロッテは彼の宇宙愛を全面的に満たす対象ではありえない。ヴェルター的情熱はその対象を求めながら、この世のどこにもそれを見出すことが出来ない。ここにヴェルターの真の悲しみの原因があるのではないか？　真のヴェルターの悲しみ、それは、ロッテによって彼の愛が報われないところにあるのではない。それは所詮、彼の絶対的な情熱が相対的な現実世界の中でその対象を見出すことができないというところにある。ロッテに惹かれながら、ロッテによって、ヴェルターはその情熱の出口を見出すことができない。

ヴェルター的情熱は、自分をどこにも限定して生きることができない。それ故に、ヴェルターは日常生活の中で平穏に自分を限定し、制限して生きていける人をアイロニカルに見つめ、又それを羨ましくも思う。

子供のようにその日暮らしで生きていける人は幸せだ。……自分のつまらない仕事に、あるいはまた自分の情熱に仰々しい名前をつけ、それを人類の歴史の安寧と福祉に役立てるために書かれたものと考える人は幸せだ。そんなことをしておられる人間は幸せだ。（17771, 5, 22）

私の五感がもうどうにも耐えられなくなってくると、幸せに落ち着いて自分の生活の狭い圏内でその日その日を精一杯生きて、木の葉の散るのを見ては、冬が来るとしか考えないような人を見ていると、何とか私の激情もおさまってくる。（1771, 5, 27）

ヴェツラーの町(2)

その精神はまた逆に、社会・世間の規則ずくめ、制限するものへの反感となって現れる。あるいは社会に、世間に、規則ずくめのものに自己を限定して生きることへの嫌悪感となって現れる。ヴェツラーとおぼしきロッテの住むこの町を訪れて、ヴェルターはまず最初に「町そのものはあまり愉快ではないが、一歩町の外へ出ると、名状し難いばかりの自然の美しさに取り囲まれている」と言っていた。ヴェルターによれば、まわりの自然は素晴らしいが、この町そのものは、因習的で、規則ずくめを有り難がる役人根性、官僚人気質の人達の巣であった。それがヴェルターの心を傷つけ、まわりの人との衝突を引き起こす。

見かけだけが立派で、光り輝いて見える人達の惨めさ、隣同士の人間を互いに見比べあっている人達の退屈さ、互いに一歩でも先んじることに汲々として、位階を求め

る人達の根性、そのむき出しの最も惨めな、哀れむべき情熱。（1771, 12, 24）

何かにつけて格式一点ばりで、年がら年じゅう、会食の時にどうしてひとつでも上席に割り込むかということばかりに心を砕いているとは、なんという情けない連中であろう！（1772, 1, 8）

この社会の、世間の狭隘さがヴェルター的な情熱の奔流を阻害する。

天才という川が氾濫すること、かくもまれであるのはなぜか。氾濫する洪水となって溢れだし、諸君の心が瞠目し、恐れおののくこと、かくもまれであるのはなぜか？……親愛なる友よ、その川の両岸に冷静なる人が住んでいて、彼らは自分のあずま屋やチューリップの花壇、野菜畑が壊滅に瀕するとしても、そのために時至ればダムを築いたり、将来おそってくるかもしれない危険をそらすことで、身を守る術を知っている。（1771, 5, 26）

ここでいう「天才」とはまた、ヴェルター的情熱のことである。このヴェルター的情熱と社会との、世間との軋《あつ》轢《れき》の象徴的な事件が、いわゆる「傷つけられた自尊心」の事件、つまり伯爵家での屈辱的な事件であった。これはヴェルター的な情熱の奔流とそれを阻害する社会・世間・俗物との非一致、軋轢の象徴であった。この事件はすでに述べたように、ヴェルターのもう一人のモデルであるイェルーザレムが体験した事件で、この事件をゲーテは『ヴェルター』の中に挿入した。これを契機に、イェルーザレムが、そしてヴェルターが自殺への思いを深めていくのであるが、両者のこの事件への思いには若干の相違が見られる。イェルーザレムの場合は、失恋とあいまって、

ヴェツラーの町(3)

この事件によって自尊心が傷つけられたことが、自殺へと向かわせるきっかけとなったのであろうが、ヴェルターの場合は、この事件は、ヴェルター的な情熱の奔流が世間・社会の狭隘さにあって絶望したということを象徴的に示す事件であったと言うべきであろう。

　しかし、そんなことはヴェルターの悲劇の本質的な部分ではない。付随的な事件と言ってよい。この事件は、無制約でありたいと願う彼の精神をいらいらさせるものではあっても、自殺の直接の原因ではありえない。問題はどこまでもヴェルターが愛において彼の望む充実を見出せないところにあり、「彼の愛は無果（unfruchtbar）なるものであり、それは生へと導くものではなく、死へと導くものである」（E・シュタイガー）ところにある。彼の情熱はどこまでいっても、不毛であり、かくて、彼はかかる情熱を「死に至る病」と呼ぶ。不幸な恋に陥った一人の少女の情熱を例に挙げて、ヴェルターはこう言っている。

　一人の気立てのよい若い娘が、家事の手伝いとか毎週のお決まりの仕事とかしながら、狭い生活の圏内で成長し、楽しみといっても、日曜日ごとに、寄せ集めの飾りに身をやつして、友達と一緒に出かけたり、にぎやかな祭があればダンスをするとか、よそで起こったけんか、芳しくない噂話に何時間も隣近所の娘さんと夢中になっておしゃべりするとか、そういったこと以外に何も知らないとする。

しかし持ち前の性格の激しさ故に、彼女は一層切実な要求を体内に感じるようになる。男達はちやほやし、そのことで内面の要求はいや増しに激しくなってくる。**もはや彼女の前からの楽しみは楽しみでなくなり、**そんな時についに一人の男性にめぐり会う。これまでに覚えたこともないような感情が否応なく彼女を駆り立て、ついに一切の希望を彼女は彼に賭けようと決意する。……すべての希望がかなうかのような約束が繰り返され、くわえて彼女の欲望をいやがうえにもかきたてる大胆な愛撫が彼女の心を完全に占領してしまう。意識はもうろうとし、歓びの予感に包まれて彼女は陶然とする。神経は張り詰め、ついに彼女は腕を伸ばし、彼女の望みの一切を引っつかもうとする。しかし恋人は彼女を棄てる。体は硬直し、呆然として彼女は深淵の前に立つ。彼女の周りは暗闇と化し、見込みも慰めもなく、彼女は途方に暮れる。……ひとりぼっちであるかのような、すべての世界から見捨てられたかのような思いが彼女をおそう。……**これが病気というものではないだろうか。混乱しもつれあう力の迷路から抜け出す出口は自然には見つからない。**そうなると、人は死ななければならない。(1771, 8, 12)

自然が病におかされ、力が蝕まれ、それが働かなくなり、果ては再起の見込みも立たなくなる。かくていかなる幸運によっても、**日常の生活の流れがもとに復帰し得なくなる時、**それをこそ我々は死に至る病と呼ぶ。(1771, 8, 12)

情熱の喜びを知った者は情熱なしには生きていくことができない。それは情熱なき日常に復帰し得ず、「死にいたる病」にさらされる。ヴェルター的情熱もまた「死に至る病」である。迷路から抜け出す出口を見出せず、また元の状態には復帰しえない、高揚を求める情熱は日常性に回帰しえない。その情熱の受け皿を失う時、あるいはそれが見出せない時、それまで関心をもちえた一切のものが精彩を失う。ヴェルター的情熱の高揚はまたその枯渇を運命として避けることができない。その行きつく先は絶望以外にない。

情熱が高揚していた時、「私の魂がただ一つでも使われずにいるということがあったであろうか」というほどの魂の敏感性、魂の高揚を見せながら、それが枯渇する時、その情熱は言いようのない不毛感に責めさいなまれる。ホーエンシュタインはいみじくもこう言っている。

神性へと拡大し、曙光の中に浮かび上がりつつ、万有と合一せんとする感情の恍惚に酔いながら、それに続いて、それが人間の限られた胸の中にある限り、避け難く、断念の瞬間が――すなわち、歓呼して自らの神性を意識せる至福な神化せられたる魂が、肉体を制縛する鎖から解き放たれりと妄想せる歓呼の陶酔裡に、人間の限界を突破せりと信じた魂が深く、深く、打ち砕かれる瞬間が――やがてやって来るであろう。

情熱が高揚する時、一切は有果に見える。しかし、情熱が枯渇する時、一切は無果に見える。かくて、とめどない無果なる気分に落ちこんでいき、心は死んだと絶叫する瞬間が訪れる。涙さえも乾く。

生き生きとした自然に触れて私の心を満たした暖かい感情は、大いなる歓喜の洪水で私を浸し、私を取り囲む世界を楽園に作り変えたが、それが今や私には耐え難い拷問者となって、私をどこまでも追いたて、苦しめる霊となった。(1771. 8. 18)

私の魂の前で一枚の幕が取り払われ、限りない命の現われが私の前で永遠に開かれた墓の深淵と化した。(1771, 8, 18)

ああ、この心の空白! この私の胸に感じる恐ろしいまでの心の空白! (1772, 10, 19)

私の感覚は、すっかり干からびてしまいました! ただの一瞬とて、心の充溢していることはなく、ただのひとときとて浄福に満たされることはありません。私は、まるでのぞき眼鏡の前に立っているようなもので、小さな人間や馬がぐるぐると動き回っているのを見て、これは目の錯覚ではなかろうかとよく自問している有様です。そういう私も、いっしょに芝居をしているわけです。というより、実は操り人形のように動かされていて、ときどき隣にいる人形の木でこしらえた手を掴んでは、はっとして身を引くのです。(17772, 1, 20)

私は思う、私にのみ罪があることを——いや、罪ではない! 私の中に一切の悲惨の源が隠されていることを。それだけで十分だ。かつては全ての至福の源が私の中にあったというのに。この私は一体、感覚のみなぎる充実の中に漂い、一歩歩むごとに楽園に足を踏み入れ、全世界を愛の限りに抱きしめたあの私なのだろうか。その心が今は死んでしまった。もはやいかなる感激もそこから流れ出ることがなく、私の目は乾き、私の感覚は心を和ませる涙に潤うことなく、神経は不安げに私の額のところに皺《しわ》を作る。苦しい。けだし、私の生の唯一の歓喜であったもの、神聖にして命を生み出す力であったもの、それが失われてしまった。どこへ行ってしまったのだ!……ああ、この素晴らしい自然が私の前で、ニスを塗られた絵のように精彩を失い、あらゆる歓喜がその至福の一滴をも私の胸奥から脳へ汲み出すことができなくなった。この男が今や神の前に、**干からびた泉、水の漏れた桶**のように突っ立っている。（1772, 11, 3）

「のぞき眼鏡の前に立つ」ように、自然が「ニスを塗られた絵」のように見える、ということは、心の死を意味し、生命の高揚感の喪失、魂の敏感性の喪失を意味する。ヴェルターの心は「干からびた泉」、「水の漏れた桶」であり、木で作られた人形さながらに命を欠いている。それは、彼にとって致命的であり、唯一誇りうるものの喪失と言ってよい。

第一部の終わりから第二部にかけては、小説はもっぱらこのような嘆きに満ちている。『ヴェルター』の終わりに長々と続く、九世紀のアイルランドの伝説的な英雄、オシアンの叙事詩として知られた「オシアンの哀歌」（後に偽作であることが判明したが）はまた「ヴェルター的情熱」の哀歌と言うこともできよう。その末尾でこう歌われる。

私の枯れる時は近い。私の葉を吹き払う嵐は近い。明日、さすらい人が来る。私の美しかりし時を知る人が来て、荒野を見渡し私を探すことであろう。しかしもはや私はいない。（編者から読者へ）

『ヴェルター』執筆当時、ゲーテは情熱の歓喜と同時に、この情熱のどうしようもない不毛感に責めさいなまれた。その最も典型的な形象がこの『ヴェルター』であった。

自然のいたるところに隠されて、一切を浸食する力、それが私の心を掘り崩す。それが生み出すものは隣人をも自分自身をも破壊して止まない。そこで私はよろめいて、不安におびえる。天と地とそれを織り成す力が私の周りを取り囲む。私が見るのは永遠に一切を飲み込み、反芻する怪物以外の何物でもない。（1771, 8, 18）

我々は憧れる。ああ、我々の存在の一切を捧げて、唯一の偉大な輝かしい感情の一切の歓喜でもって満たされたいと。そしてああ、我々がそれを手に入れたとたん、かしこがここととなる時、すべては旧態依然のままであり、我々は貧困と限界の中にとどまる。そして我々の魂は失われた歓喜を求めてあえぐのだ。(1771, 6, 21)

人間とは? 半神とたたえられた人間とは何か? …… 無限なるものの充実の中で我を忘れようと憧れる時、まさにその時に、彼は鈍く冷たい意識に連れ戻されるのではないか? (1772, 12, 6)

情熱の不毛を情熱の宿命として受け止めた者の悲劇、それがヴェルターの悲劇であった。

四　自殺のモティーフ

ヴェルターの死、それを、グンドルフは「不本意な断念(der unfreiwillige Verzicht)」による死であったと言っている。ヴェルターはロッテへの愛を自ら断念し、自らの情熱に出口(Ausgang)を見出せないが故に滅ぶ。ゲーテがイェルーザレムに見たものは、この断念であり、そこにゲーテは自らの運命と重なり合うものを感じた。しかし、ゲーテ自身の中にある「不本意な断念」は、イェルーザレムの断念とは違う。イェルーザレムは自らの愛が受け容れられないが故に断念する。彼にとって、この愛の断念は一切の死を意味した。しかし、ゲーテにとって、ロッテへの愛が受け容れられないという位のことで、それが一切の死を意味するということはない。ロッテへの愛の断念は一つの情熱の終わりに過ぎない。ゲーテは自らの情熱の不毛を深く知るが故に断念するのである。ホーエンシュタインはこう言っている。

自己を万有へと拡大し、自己の中に万有を充填せんとする無限なる感情にとって、恋人は、港、投錨地であり、愛する者にしばし無限なるものを映すかに見える像に過ぎなかった。

至福なる憧憬にとって、肉体的な占有はその最後の目標ではなく、恋人は閾《いき》（敷居）、通過点に過ぎない。それはゲーテの魂の中の形而上的な一契機であり、愛を作り出すエロスの本質である。

ロッテは「至福なる憧憬」がしばし錨を下ろす投錨地に過ぎないとホーエンシュタインは言う。それはまたしばらくは「無限なるものの姿」を映す単なる像であると。肉体の占有はかかる憧憬にとって最後の目標ではない。恋人は、形而上的なもの、すなわちこの世を超えたものへの閾、通路、一契機にすぎない。無限な者を映す鏡としての機能を果たし終えた時、それは捨てられなければならない。そこにエロスの身勝手、残酷がある。情熱の収縮、衰弱、衰退は情熱の運命である。その運命を深く知るが故に、ゲーテは絶えず恋人からの遁走を企てる。ゲーテは絶えず、愛にとらわれると同時に、愛を断念した。ヴェルターの愛の断念の裏に、ゲーテ的なこの「不本意な」断念が隠されている。ヴェルターの悲しみにこのゲーテ的な不本意な断念の思いがダブっている。ヴェルターは、イエルーザレム同様に、恋人によって自らの愛が受け容れられないが故に愛を断念し、死を選ぶという体裁をとっているが、ゲーテの断念は、不毛な情熱の運命を知るが故の断念である。

ヴェルターは「受動性」の人である。閉鎖的な自己を乗り越え、沸騰する情熱に身を任せるにはあまりに弱い。彼に欠けているのは、ファウストのような行動に移す力、行為する力である。かくて、ヴェルターの無制約なもの、無限な世界への憧れは死への憧れへとつながっていく。肉体を窮屈に、制限されたものに感じるヴェルターは自然へ帰趨する憧れ、彼岸への憧れ、死への憧れを自身の中に募らせていく。エロスが本来求めるものは、情熱の沸騰裡に、情熱に自己を焼き尽くす、焼死することであったはずである。トリスタンとイゾルデが、ロミオとジュリエットがそうであったように。そこにエロスの至福がある。しかし、ヴェルターはそれができない。故に、自ら、閉鎖性の中で死を選ぶ。「死こそ有限より無限に至るヴェルターに残された唯一の最後の道」（ホーエンシュタイン）であった。死によって、彼は制約された世界から無制約な世界へと移行する。

ゲーテ自身は死を選ばなかったにもかかわらず、ゲーテがヴェルターを死なさずにはおれなかった理由はどこにあったのであろうか。一つの理由は、すでに述べたように、ヴェルター的情熱が死への必然性をもっていたことである。茅野蕭々氏は言っている。「彼がもし恋愛において欲するものを得たとしても、彼のごとき性情をもってしては、結局この世において幸福にはなり得なかったであろう」。「とにかくヴェルターの悲劇がその境遇から来ていないで、その性格から来ていることは、この作において最も注意に値するところである」と。境遇からきていないことは確かである。境遇からきている悲劇は真の悲劇ではない。それは偶然的な要因が積み重ねられていくメロドラマである。しかし性格からきているということもできないのではないだろうか。性格も一つの偶然性である。それでは特定の性格の悲劇になって、人間に普遍的な悲劇ではなくなってしまう。真に悲劇であるためには、その要因が普遍的なものでなければならない。ヴェルターの悲劇、それは人間がすべからくもつ普遍的な情熱の悲劇である。したがって、「失われた恋」も「傷つけられた名誉心」も、直接の自殺の動機ではなかったのである。そこに、『ヴェルター』を単なる失恋の悲劇と見ることの大きな間違い、誤解がある。ビールショウスキーは言っている。

「彼の名誉心が傷つき、彼が彼の上役につまらぬことで悩まされようと、あるいは彼が終わりのない、実りのない愛に苦しむことがあろうと、いずれにせよ、彼の運命は既に決まっていたのである」。ヴェルター的情熱にとって、死は必然的であった。

ゲーテ自身がヴェルターを死なさずにはおれなかった要因を、さらにもう一つ挙げることができる。それは、イェルーザレムの事件を知らない以前のゲーテが『ヴェルター』の草稿を進めながら、十分に自分自身の心境を描きっているという充足感を持ち得なかったことにある。当時の彼の心境は一つの牧歌・田園詩に尽きるものではなかった。多少は苦渋に満ちたものであったにしても、ゲーテの体験だけではロッテとの恋は牧歌・田園詩に終わらざるをえなかった。しかし、イェルーザレムの自殺の報を聞くにおよんで、まさに我が意を得たりの感を彼はもつ。そして、作品が一挙に書き上げられる。グンドルフは言っている。

イェルーザレムの住んでいた家

彼の感情と体験を客観化しなければならない行為の担い手の適切な象徴として自殺したイェルーザレムが、彼の中で一切が熟した果実としてまさに離れ落ちようとしていた危機的な刹那に、立ち現れた。勿論、内的体験の担い手としての象徴を、それ以前のゲーテは必要としなかったであろう。というのも彼は彼自身の自我をもっていた。……しかし、その行為を完結せしめ、内的可能性をはっきりと文学として表現するためには、彼の自我だけでは不十分であった。

自殺したイェルーザレム、それはゲーテ自身の「内的可能性」の「象徴」であったとグンドルフは言う。ヴェルターの自殺をゲーテ自身の内的体験の象徴として見るところに、グンドルフの優れたヴェルター解釈があると私は考える。そしてそこに、グンドルフはゲーテがヴェルターをして死なさずにはおれなかった大きな要因の一つを認めている。当時のゲーテの心境を表現するには、ヴェルターという象徴を必要としたとグンドルフは言う。「ゲーテにとって、自殺全体は彼自身の情熱をまとめあげ、完結せしめるための象徴的・象徴創造的機縁に過ぎなかった」(グンドルフ)。

『ヴェルター』の脱稿時、ゲーテは、ヴェルターを肯定して描ききったわけではなかろう。ただある種の内的必然性、内的衝動をもってヴェルターの破滅を描ききったと言うべきであろう。ゲーテ自身、自分の中に自己破滅せざるを得ないような必然性を感じていた。

「ゲーテが老年になって、この時期の彼自身の死についての考えを述べているくだりは、我々には本当とは信じ難い。彼の語るところによれば、彼は匕首《あいくち》を弄び、それを素肌にあてがい、それを脇に置いたと言うのであるが」とフリーデンタールが言うように、たえずゲーテが死への思いに駆られたということに対して、しばしば皮肉な視線を向ける批評家もいる。しかし、ヴェルターの一卵双生児とも言うべきファウストが若きゲーテの精神の同一胸奥から生まれたということをわれわれは忘れてはならない。『初稿ファウスト』の中で、学者ファウストが研究・思索という出口のない不毛な行為に疲れ果てて、毒杯をあおごうと決意する瞬間の必然性に誰が疑いをさしはさむであろうか。あの外面的に見れば、全く自殺の必然性に欠けているファウスト、町を歩けば、市井の人が賛嘆を惜しまぬファウスト、にもかかわらず、彼が自殺へと駆りたてられる必然性に誰が疑いをさしはさもう。ゲーテはそれを描かざるを得なかった。『ヴェルター』もまた同様であった。

この時期のゲーテに、死への憧れ、死への欲求があったことは、ゲーテに皮肉な眼差しを向けるフリーデンタールも否定しはしない。「彼の死への憧れは、彼がこの世での生を全うするまで、絶えず再生への思いへと移行していく」と彼も語っている。

若い情熱を謳歌した時代は既に過ぎ去りつつあった。むしろ、『ヴェルター』執筆時、情熱の喜びよりも、その苦悩が、彼に強く作用していた。若いゲーテの奇矯な行為は、しばしば自暴自棄なまでの情熱が彼の内奥を荒れ狂ったことを示す。外に出口を求めてそれを見出せない情熱はゲーテの内奥にあって荒れ狂い、彼は雷雨の中を、山野を駆け巡ることがあったと言う。情熱の苦悩を癒すには、それを疲弊させる以外に術はなかった。

ヴェルターもまた、言っている。

私は原野をあちこちさまよう。険しい山を攀じ登り、人の通れないような森の道を分け入ることも、薮で傷つき、茨で体を切り裂くことも私には歓びだ。それで私はいくらか気分がよくなる。いくらかだが……。そして疲れ果て、のどが渇き、道端で寝転び、真夜中に中天の満月を仰ぎ、孤独な森の中で、弓なりになった木の枝に登り、傷ついた足を少しばかり休める。それから疲れをさそう静寂の中で、うす暗がりの光を浴びて、うとうとまどろみに落ち込んでいく時……！　おお、ヴィルヘルムよ、孤独な庵の住まい、獣の毛の衣、茨の帯こそが私の慰めであって、私の魂はそれを恋い焦がれ、求めるのだ。(1771, 8, 30)

この情熱の出口のなさについて、ヴェルターはさらにこうも言っている。

あまりに追いたてられ、駆りたてられると、呼吸の苦しさのあまり、本能から血管を噛み切ろうとする血統のよい馬の話を聞いたことがある。そういうことが私にもしばしばある。私もまた永遠の自由を欲し、血管を噛み切りたいと思うことがあるのだ。(1772, 3, 16)

当時の彼には、沸騰する情熱に対して、それに形を与えてやれない、出口を与えてやれない不能感から来る焦燥感があった。

ヴェルターは情熱に取り憑かれている。それはただ単に一つの恋の情熱ではない。不毛な青春の情熱の嵐、どこまで行っても不毛な、出口を求めて荒れ狂い、無果なるものとして終わらざるをえない「青春の嵐」ともいうべきものである。この不毛な青春の嵐ともいうべき情熱との格闘の物語、それが『ヴェルター』であった。それはまた、**若いゲーテの最も忠実な形象化、象徴でもあった。**後年、ゲーテは、ツェルターに宛てて書いている。

生の嫌悪が人を襲う時、その人は同情されこそすれ、非難されるべきではない。この奇妙にして不自然な、それと同時に自然な病気のあらゆる兆候がかつて私の内奥を荒れ狂ったことは、ヴェルターが何人をも疑わしめないであろう。当時、死の波を乗り切るのに、どれほどの決意と努力を要したかは私のよく知るところである。それは後年の多くの難破において自分を救い、難儀しつつ立ち直ったのと全く同様である。

後年まで、ゲーテは『ヴェルター』を読み返すことを恐れたという。その当時の彼の内面に吹き荒れた不毛な青春の情熱を想起することを彼が長く恐れたほどに、ヴェルター的情熱の嵐は彼にとって破壊的で、暴力的な力であり続けた。

五　ヴェルター的情熱の克服

ヴェルターは、情熱に殉じる人、殉情の人、自ら死ぬ運命《さだめ》の人であった。それに対して、ゲーテは八三歳の天寿をまっとうする。しかし、茅野蕭々氏は、「作中の主人公を殺すことを好まなかったゲーテが、この自殺を敢えてさせたことは、彼が時代からの超脱を語るものと言われよう」と言っておられる。作中の主人公を殺すことで、ゲーテはこの時代の精神からの決別をはかったと言うべきである。

にもかかわらず、この時代、ヴェルター熱にうかされ、ヴェルターを真似て、青い燕尾服の上着に黄色いチョッキとズボンを身につけて、後追い自殺をする青年が絶えなかったという。この服装はまたヴェルターのもう一人のモデル、イェルーザレムの服装でもあったという。池内紀氏はその愉快な著書『ゲーテさん　こんばんは』の中で、その服装に触れて、イェルーザレムを「多少とも変わり者の、目立ちたがりだったのかもしれない」と言っておられる。

それでは、ゲーテは、ヴェルターとは違い、どのようにしてこの危機を克服したのであろうか。殉情のヴェルターに相通じる一面をもつと共に、それに相反するゲーテの性格のいくつかをここに挙げておこう。

哄笑するゲーテ、これもまたゲーテの一つの素顔である。シャルロッテへの情熱が嵩じて、収拾がつかなくなったとき、ゲーテはロッテから唇を奪う。そして、シャルロッテは正直にそのことを婚約者のケストナーに話す。気分を害したケストナーはロッテにゲーテの熱をさますように忠告する。その当時のことをケストナーは次のように、日記にしたためている。

一四日の晩、ゲーテは散歩から戻ってきて、庭先にやって来た。彼は冷淡な応対を受け、まもなく立ち去った。一五日の晩、一〇時ごろ、彼はやってきて、私たち（ケストナーとシャルロッテ）がドアの前に立っているのを見た。彼の持ってきた花は冷淡に放り置かれていた。彼はそれを知って、それを投げ捨てた。そしてたとえでいろいろ話をした。私はゲーテと夜、一二時頃、散歩に出かけて、奇妙な話を交わした。彼は不機嫌で、いろいろ空想にふけっていた。しかし、彼は月の光を浴び、壁にもたれて、そしてついに笑った。

いつまでもしかめっ面でいることをしない健康な笑うゲーテがここにいる。

あるいは、いくどか自殺への思いにとらわれながら、

しかしそのことが決してうまくいかないように思えたとき、ついに私は私自身を笑い、ヒポコンデリー的なしかめっ面を投げ捨てて生きる決心をした。

と、『詩と真実』の中でゲーテは語っている。しかめっ面を投げ捨てて、自分自身を笑い飛ばす健康なゲーテがここにいる。

あるいは、『ヴェルター』の草稿を練っていた当時、その冬、スケートを楽しむことを彼は大いに心待ちにしていたという。こういうところにもゲーテの活動的な性格の一端を窺うことができる。

あるいは、若いゲーテの最も充実し、そして最も空虚な、最も強健にして最も柔弱な情熱が吹き荒れた時期、自分の運命の見極め難さからくる焦燥感が内面に吹き荒れた時期、情熱の衝迫が心の内から突き上げた時期、彼はしばしば山野を駆けめぐりながらわけのわからぬ言葉を咆哮し、体を傷つけ、詩を口ずさみ、情熱を疲弊させる以外に術がなかったという。そういう中から「さすらい人の嵐の歌」の詩が誕生したという。ここにも野生児ゲーテの面目が窺われる。神経質で病的なイェルーザレムとの際立った相違がここに認められる。

ラーン川沿いの町，バートエムス

あるいは、同時代に書かれた『初校ファウスト』の主人公ファウストが毒杯を仰ぐシーンで、教会の鐘の音と共に、キリストの復活を告げる天使の歌声が聞こえてきて、ファウストが自殺を思いとどまり、「この歌の響きは幼い頃から聞きなれているので、今も俺を生へと連れ戻す」と述懐するくだりを読んで、図々しいまでの力強い生命の横溢に妙に力強い感動を覚えるのは私だけだろうか。

さらに、シャルロッテ・ブッフと別れて、ゲーテは、ラーン川を下って旅し、コブレンツまで出て、更にライン川を遡ってフランクフルトに帰るが、途中、女流作家のラ・ロッシュ夫人

ラーン川沿いの町，リンブルク

のもとに立ち寄り、そこで、ロッテのもう一人のモデルであるその娘のマクシミリアーネ、「小柄で愛らしい、ヴェツラーの主婦らしい青い目とは違って、活き活きとした黒い目をもつマクシミリアーネ」と出会い、新しい情熱が湧きあがるのを覚える。その時のことを、ゲーテは、『詩と真実』の中で、こう語っている。

古い情熱が完全に消えない先に、私達のうちに新しい情熱が沸き上がろうとするのは、はなはだ快い感情である。それはちょうど、日が沈む時に、反対側に月が上り、二つの天の光輝が交錯し合うのを見るのが喜ばしいのと同様である。

古い情熱とは、シャルロッテへの愛情であり、その情熱が消えやらぬ先に、新しい情熱が沸き上がるのを覚えると聞くに及んで、ヴェルターの悲劇を読んだ者は、「それはないぜ」という気にさせられる。「いけ図々しいやつだ」と思われる方も多いだろう。しかし、このように古い情熱が死に、新しい情熱が沸き上がるという、こういった記述に、奇妙におおらかな高揚した気分を味わわされるのは私だけだろうか。与謝蕪村に、「菜の花や月は東に日は西に」という名句があるが、それを連想させるゲーテらしいおおらかな生命の高揚感を感じさせて、おセンチで、病めるヴェルターを見てきたあとでは、ほっとさせられるものがある。

さらに、私はここに非殉情の人、ゲーテのもう一つの側面を指摘しておきたい。フリーデンタールはこう報告してくれている。
バルリンのニコライはハッピー・エンドで終わる『ヴェルターの歓び』を書いた。そしてゲーテは更に、ヴェルターとロッテが夫婦になるというシーンで彼自身の作品をパロディー化している。自殺者はめくら撃ちをやったただけで、眉毛のところを焦がす。ロッテは主婦らしく頭のへま撃ちをかいがいしく看病する。満足して、二人は手を取り合ってベッドへ行く。その後で、彼らはアルベルト＝ケストナーをからかう始末である。ケストナーが幸いにも目にすることのなかったこの場面はまたもや感情の営みに半分しかかかわることのないゲーテの二重性格をあらわしている。彼はこの本によって、自分の酩酊と陶酔から解放された。

感情の営みに半分しか関わることのない人、ゲーテ、ここにも殉情の人、ヴェルターとの著しい相違が認められる。小栗浩氏が言われるように、ゲーテが「それぞれの時期にそれぞれの恋人に情熱を捧げ、己を失うまでに取り乱し、辛くも危機を乗り越え、恋の恐ろしさを肝に銘じながら、しかも繰り返し恋に落ち込んでいった」人であることは事実である。彼は、生涯、情熱に身を焦がすことを繰り返さざるをえなかった殉情の人である。しかし、ひたすら、殉情の人ゲーテのみを見るなら、人はゲーテを見誤ることになる。

さらに、小栗浩氏はこう言っておられる。「恋は人の心を弱くする。だからゲーテは恋に対して警戒的になる。とはいえ、胸のうちが熱くなり、止めどもなく涙があふれ出て、言い知れぬ喜びに浸るのも、恋する者だけに与えられることである。その喜びに一瞬はどんな苦悩もつぐなってくれるであろうし、その苦悩でさえ、その故にこそこの世に生きたいと思うものなのである。ゲーテの生涯はこの恋の歓びと悩みによって幾重にも織りなされている」。しかし、「愛する人のために一身をなげうって、などというのは初めからゲーテの恋ではない」と。

ここに、ゲーテの恋の至純に見えて、悪魔的な相貌がある。殉情の人をのみゲーテに求める人には、ゲーテは奇怪にさえ映る。エゴイスティックにさえ見える。情熱につき動かされながら、それを冷ややかに見すえる眼がゲーテにはある。

それでは、ヴェルター的殉情からくる破滅からゲーテの身を守ったものは何かと言えば、それはまさに、このメフィスト（悪魔）的な冷ややかに見すえる眼であり、それは同時に、自己の無限なる形成、自らのピラミッドを見通す眼でもある。自己形成こそが第一義であって、そのためには、時には、愛する者をも捨て省みることさえしない。ホーエンシュタインは言っている。「ヴェルターは『メフィストーフェレス（悪魔）』という精神状態に耐えることができず、自分自身を笑うことができず、それによって、悲劇を喜劇に溶解することができないであろうが故に、彼は『この世の苦痛』に滅びるのである」と。

長きにわたるゲーテの自己形成の過程には、ファウストと同様、メフィスト的な冷ややかに見すえる眼が介在したことは事実であろう。ヘルダーは、シュトラースブルク時代に、ゲーテの「眼の人」「見る人」としてのゲーテを非難、「君にあっては万事が見るに尽きる」と言って、その精神の分散と遠心的傾向を戒めた。そして「眼の人」「見る人」としてのゲーテを否定して、「殉情の人」「感じる人」としてのゲーテの覚醒を促す。

しかし、ゲーテは生涯、「眼の人」「見る人」であり続けたことは事実である。『ファウスト』第二部、第五幕「夜明け」の場面で、ファウスト最後の大事業である干拓地を見張ることを仕事とする塔守、リュンコイスをして、こう語らせている。

見るために生まれ、

見ることをおおせつかり、
塔を守り通して、
世界のいかに素晴らしいことか。
遠くを見やり、
近くを眺め、
月と星、
森と鹿、
すべてのものが
永遠の飾り。
見るものすべてが私に気に入るように、
私もまた自分に気に入る。
幸福な二つの眼よ、
おまえの見てきたものは、
何にせよ、
やっぱりほんとうに素晴らしかった。

この言葉は『ファウスト』完成間近に、晩年のゲーテが書き加えた言葉であるが、一度は画家を志したこともある「眼の人」ゲーテの、業とも言うべき見ることへのこだわり、執着、面目が語られて、感動的である。

本来、ゲーテは「眼の人」である。しかし、疾風怒濤期のゲーテ、『ヴェルター』執筆当時のゲーテは、「感じる人」であった。それは『ヴェルター』の文章の端々に窺える。たゆとうごとき豊かな情感にあふれ、その情感の中で、ヴェルターはスケッチをしようとしても、対象を的確に捉え、それを明確に形象化することができないと嘆く。

私がこれほどまでに幸せだったことはないし、小さな石や草々にいたるまで、自然への私の感覚がこれほどまでに充実して、自然が身近に感じられることはかつてなかった。ただどう表現すればよいかがわからないのだ。私の表象する力は余りに弱く、一切が私の魂の前で漂い、揺らぎ、その輪郭を私はしかととらえることができないのだ。(1771, 7, 24)

しかし、「見る人」「眼の人」としてのゲーテを軽視してはならない。この「見る人」「眼の人」であることによって、ゲーテは、イェルーザレムの自殺を、自らの内面の象徴として捉え、それを『ヴェルター』の中に形象化し、それによって**自らの情熱の通風弁を見出し**、危機を脱したと言うことができよう。一応、この形象化によって、彼は曲りなりに情熱に出口を与えることができたと言うことができる。情感に流されるのではなく、**表現することによって、客観化して見るということが可能となる**。**「詩」という形象化の手段**によって、ゲーテはしばしばその内面の危機を乗り越えていったが、晩年には、むしろそれを意図的、意識的に行ったと言うこともできよう。最晩年の恋から生まれた詩集、『情熱の三部曲(Trilogie der Leidenschaft)』の「ヴェルターに(An Werther)」の末尾で、ゲーテはこう歌う。

かかる悩みの中に

半ば咎なくして巻き込まれている詩人に
神よ、苦しみ耐えている思いを言い表す力を授け賜わんことを！

心的体験の定着化、形象化はともかくも情熱の自己実現である。ホーエンシュタインは言う。しかし、それは「愛の死である」と。「『ヴェルターの悩み』はゲーテの胸奥の戦いの決着であり、……それはこの胸の拮抗する情動を周知することであり、それによって、この危険な情動を制縛することを意味する」。そして「そこから死せるゲーテがいよいよ新たにして蘇活して、高められた存在となるのである」（ホーエンシュタイン）。

このヴェルター的な情熱、衝迫、出口を求めて荒れ狂う情熱の嵐、それは終生ゲーテから去ることのない、終わることのない衝動でありつづけた。その情熱の不毛を知りつつ、それをいとおしみ、その情熱に身を焦がす。しかし、この衝動に身を焼き尽くす経験無しには、ゲーテの生はついに完了しない。ゲーテは、哀れにも、七四歳にして一九歳の少女に身を焦がし、その情熱を完遂する。言いかえれば、情熱に殉じたと言うことができる。しかし、それは、はるか後のことである。

若きゲーテは、リリー・シェーネマンとの恋において、今一度、情熱の危機に瀕する。

第4章

リリーとの恋、そしてワイマールへの逃走

以前、たまたまテレビを見ていた時に、直木賞作家であり、大学教授である萩野アンナ氏が、「詩人の恋」について、面白いことを言っておられた。詩人とは一般に金も力もない男で、詩人によって歌われる恋はすべて失敗に終わった恋、いわば恋愛の廃墟のようなものである。さらに、恋するタイプには二つあって、一つは相手に耽溺するタイプで、もう一つは、恋する自分の思いに耽溺するタイプである。そして、後者は女性にとって最悪のタイプであるということだった。

しかし、ゲーテは、金も力もない詩人では決してなかった。資産家の息子であったし、長じてはワイマール国の宰相にもなった人であるから、力がなかったとは言えない。しかし、資産家の息子であったがゆえに、精神的に不毛であった時代、苦しい時代を乗り超えることができたのであって、それだけの余裕がなければ、ゲーテの性情であれば、青年期につぶれていたやも知れない。しかし、ワイマール国で枢密顧問官として総理大臣職の行政職を営々とこなしたということは非力な詩人とは一線が画されるところであろう。

ゲーテは、新天地をワイマールに求める直前に今一度、故郷、フランクフルトで、ゲーテにとって極めて苦しい恋を体験した。その恋は、リリー・シェーネマン（Lili Schönemann）との恋で、リリー・シェーネマンは、フランクフルトの富裕な銀行家の娘であった。すでに『ゲッツ』、『若きヴェルターの悩み』によって、文名を高めていたゲーテは、人気の高い青年詩人、作家として、多くのところから招待された。シェーネマン家からの招待もそれで、ゲーテは、シェーネマン家主催の音楽会に招かれて、そこでリリーと知り合うことになる。

広々とした広間の中央のグランドピアノの前に座って、一七歳にも満たないリリー・シェーネマンが見事な熟練さと優雅さを示して演奏していた。ゲーテは、当時、二六歳であった。リリーは十指に余るゲーテの恋人の中でもひときわぬきんでた美人であった。ゲーテは、どちらかというと、フリーデリケ・ブリオンといった素朴な娘とか、シャルロッテ・ブッフのような家庭的で実直な娘が好みであったが、リリー・シェーネマンは、いわゆるゲーテ好みの女性とは違って、金持ちのお嬢さんで、洗練されて、社交的で、優雅で、大人びており、官能的ですらあった。しかし、金満家庭のお嬢さんであるにもかかわらず、彼女には浮ついたところがなく、一目会ったときから、ゲーテの優れた資質を見抜く慧眼さ、聡明さをもちあわせていた。

リリー・シェーネマンの肖像画

リリー・シェーネマン以外の女性との恋が、ゲーテ主導の恋で、ゲーテの情熱しだいであったのに対して、この恋だけはゲーテに主導権はなかった。ゲーテが溺れ、その情熱にがんじがらめになり、その呪縛から自らを解き放つのは至難の業であった。いわばゲーテが一番執着した恋とも言ってよいだろう。

リリー・シェーネマンに関する資料としては、『詩と真実』第四巻、伯爵令嬢、アウグステ・ツー・シュトルベルクへの手紙、リリー・シェーネマンとの恋を歌った数々の詩、戯曲『シュテラ』、エッカーマンの『ゲーテとの対話』などが挙げられるが、そのエッカーマンの『ゲーテとの対話』、一八三〇年、三月五日付けの対話で、当時、八一歳であったゲーテはこう言っている。

> 青春の幸福と、リリーへの私の愛の物語が記された『詩と真実』の第四巻は少し前に完成していた。もしこまやかな配慮、それも私自身に対する配慮ではなしに、その当時まだ存命であった恋人への配慮が私を妨げるのでなかったら、私はそれをとっくに、書き上げ、出版していたことであろう。私はいかに彼女を愛していたか、それを全世界に向かって誇らしげに語るのにやぶさかではなかったろう。そして彼女もまた私の愛情に応えたと、顔を赤らめずに告白したことであろうと私は思う。しかし、彼女の承諾なしにそれを公にする権利を私はもっていたであろうか？　私はいつでもそのことで彼女に頼むつもりでいた。しかし、それを私がためらっているうちに、ついにそれは必要ではなくなった。……今、私はあの魅力的なリリーの面影を眼前にまざまざと思い浮かべることができる。今も彼女のそばにいる幸福な息吹きをそのまま感じるかのようだ。彼女こそ、**実に、私が深く、真に愛した最初の人であった。そしてまた、最後の人であった**と私は言うことができる。というのも、私の生涯でそれ以後私の心をつき動かしたいかなる小さな愛着も、その最初の愛着に比べれば、軽く、皮相なものに過ぎなかった。

ここで、ゲーテは、最晩年に、このように「リリーこそ私が真に心から愛した最初の、そして最後の女性だった」と言っている。この言葉は、他の女性との深い恋愛体験、とりわけ彼の一生を決定づけたとも言えるフリーデリケ・ブリオンとの恋、いわゆる「フリーデリケ体験」、あるいはずっと後のマリアンネ・フォン・ヴィレマーとの素晴らしい老いらくの恋を知っている者には、それはないだろう、それはないぜ、という気にさせられる。この言葉は、リリー・シェーネマンの孫娘がゲーテを訪ねてきた直後に語った言葉であるために、リリーへの思い出が過剰にゲーテの気持ちに作用し、それがために、リリーへの思いがオーバーになったきらいはあるだろうが、しかし、この恋はゲーテが一番執着した恋であり、リリー・シェーネマンはゲーテにとって妻となるのに最もふさわしい女性の一人、結婚すればゲーテが一番幸せになった女性であったろうとは言えるかも知れない。

他の女性、とりわけ、フリーデリケ・ブリオンのように「小さな世界」に安住している女性にとって、ゲーテの住む世界は「複雑、奇奇怪怪、大きすぎた」という意味では、ゲーテと一緒になることは不可能であったろうし、一緒になれば、フリーデリケ・ブリオンを破滅させてもいたであろう。また、シャルロッテ・ブッフにしても、住む世界の相違が際立って、やがては破綻を招いた可能性は大いにありうる。

その点、多くの資質に恵まれたリリー・シェーネマンは、一番ゲーテの世界に接近する能力をもった女性であったろうし、ゲーテを内から支えることができた女性でもあったであろうが、そのために、ゲーテは彼女との生活に安住し、そのことがより大きなゲーテとして成長することを彼に妨げた可能性はありうる。

ゲーテが内縁の妻として、一応、後に正式に妻として迎えたクリスティアーネ・ヴルピウスなどは、まったく単なる男と女の関係として肉体的なつながりと人間的なつながりがあったというだけで、精神的にさして何のつながりもなかったがゆえに、かえって、彼女はゲーテの内面世界に一切介入することがなかったという意味で、精神的にゲーテは自由であり、結婚相手としてはゲーテにとっては都合がよかったとも言える。とは言っても、クリスティアーネ・ヴルピウスをゲーテが愛さなかったと言うのでは決してない。人間として、女として愛しはしたが、恋人として愛したとは必ずしも言えないのではなかろうか。

リリー・シェーネマンとの恋を歌った詩はすべて、恋する喜びとともに、その恋から逃れるすべのない苦しみを歌っている。

新しい愛　新しい生

心よ、心よ、どうしたというのだ。
何がおまえに激しく迫るのか？
何という見知らぬ新しい生！
私にはもうおまえが分らぬ。
おまえの愛するすべて、
おまえを悲しませるすべてが消え失せ、
おまえの勤勉も、おまえの安らぎも今は消えた——
ああ、おまえはどうしたというのだ！

若々しい花とも見まがう、

この愛らしい姿がおまえを縛る。
誠と愛に満ちたこの眼差しの、
その何という力！
彼女から身を引き、
勇気を奮い、彼女から逃れるも、
その瞬間、ああ、またしても
私は彼女のもとへ帰りゆく。

この魔法の糸から
身を引き離すすべはない、
あの愛らしい、移り気な少女が
どうしようもなく私を縛る。
彼女の意のままに、彼女の魔法の中で
私は生きていかねばならない。
その変化の何という大きさ！
愛よ！　愛よ！　その手を離せ！

ベリンデに

なぜに抗い難くあなたは私を
ああ、あの華やかな世界に引きつけるのですか？
寂しい夜に
若い私は幸福ではなかったでしょうか？

ひそやかに部屋に閉じこもり、
月の光の中に横たわり、
その光を身に浴びながら、
私はまどろみもしました。

混じりけのない楽しみの
黄金に輝く時を夢に見つつ、
胸の奥深くで
あなたの愛らしい姿を私はすでに予感していました。

シャンデリヤ輝く居間の
あなたが着かせたカルタ机の席で、
耐え難い連中に向かい合っているのは

私でしょうか？

野に咲く春の花も
今の私には魅力なく、
天使の君のいるところに、愛と心があり、
君のいるところに、自然があるのです。

リリー・シェーネマンに惹きつけられ、しかしその呪縛から逃れたいゲーテの揺れ動く気持ち、リリー・シェーネマン家の家風との違和感、特に、そこで催されるパーティーに出席しているリリーを取り巻く人たちとの違和感、両家から必ずしも望まれなかった結婚等、いろいろ二人には障害があり、しかも結婚に踏ん切りがつかないゲーテの動揺する気持ちがあったにも関わらず、知り合いのおせっかいな女性、デルフ嬢に二人は無理やり婚約させられてしまう。

何年も前からデルフ嬢はリリーのお母さんに信頼され、私の家にも、私を介して出入りしていたので、彼女は私の両親にも気に入られていた。というのも、この人のざっくばらんな性格は、この帝国都市の中では、必ずしも不都合ではなく、分別をあわせもっていたので、むしろ歓迎されたと言ってもいいくらいだった。彼女はわれわれの望みと希望をよく知悉しており、自分の楽しみを実行に移すことに、彼女は使命をすら感じていた。要するに、彼女は両親と話をつけてくれたのだ。どのようにしてそれを始め、直面した困難をどのように取り除いたか、それはわからぬが、ある晩、彼女はわれわれのところにやって来て、両親の承諾を得た旨を告げた後で、「さあ、手を出しなさい！」と感情のこもった、命令的な口調で叫んだ。私はリリーに向かいあって立ち、手を差し伸べ、私の手に、彼女もまた、ためらいがちにではないにしても、ゆっくりと自分の手を置いた。そしてわれわれは深く吐息をついた後、ひしと互いに抱き合った。（『詩と真実』より）

しかし、このように、婚約したにもかかわらず、結婚すべきかどうか本心からは決めかねていたゲーテは、リリーに行き先も告げず、突然、スイスへと逃亡を企てる。スイスで、ゲーテは、リリーから離れることで、彼女に対する自分の気持を確かめたい思いがあったろうし、さらに、スイス・アルプスを越えて、昔からの憧れの地であったイタリアへ足を伸ばすことさえ考えていた。

首につけたハート形の
金のメダルに

おまえは今も私が首につけている
失われし喜びの形見。
おまえは心の絆より長く二人をつなぎ止め、
愛の短い日々を引き伸ばすのか？

リリーから逃れても、おまえの絆につながれて、
異郷に、谷に、森に、

私はさまよわなければならない！
リリーの心はそんなに早く
私の心から離れはしないのだ。

糸を切って、
森へ帰る鳥のように、
私はとらわれの辱しめの
一切れの糸を今も引きずり、
もはや昔の自由な生まれの鳥ではなく、
すでに他人《ひと》のものになっているのだ。

山上から

リリーよ、もしそなたを愛していなければ、
この眺めはなんという喜びであったでしょうか！
しかし、リリーよ、そなたを愛していなければ、
どこに私の幸福はあるのでしょうか？

こういった詩に、リリーに強く惹かれながら、その呪縛から逃れたいとするゲーテの深い懊悩が感じられる。しかし、リリーからは逃げ切れず、再び、フランクフルトへ帰ってきて後、事実上、婚約が解消される。それにもかかわらず、リリーへの思いにはゲーテにとって極めて絶ち切り難いものがあった。

それでは、なぜ、この恋は成就しなかったのであろうか。その原因は、この恋に、ゲーテの精神的な自由を求める欲求、精神的な成長を求める欲求とは相容れないものがあったことに尽きる。

表向きにはもちろん、文化的エリートに属するゲーテ家と金満家庭のシェーネマン家との家風の相違がその障害になったことは事実である。リリー・シェーネマンを取り巻く人たち、彼女の家に出入りする人たちの軽薄かつ思い上がった雰囲気、虚飾に満ちたパーティーはゲーテにも耐えられないものがあった。

ゲーテ家の母方は決して裕福ではなかったが、母の父は市参事会員、市長、帝室顧問官を歴任する実社会の実力者であった。父方について言えば、祖父がフランクフルトで評判の高かった旅館の主人の未亡人を後妻に迎え、それを一流旅館にもっていったことで、巨富をなしていた。ゲーテの父は、その財を増やすことはしなかったが、その金力を生かし、それを自らの教育に投資し、弁護士の資格を得た。しかし自身は自尊心の高さゆえに、一切職に就くことはなく、財産で生計を立てたが、世間的な野心を捨てたわけではなく、その財力で帝室顧問官の称号を買い取り、さらに、世間的な野心から、フランクフルトの市長の娘であるゲーテの母と結婚した。このように、ゲーテ家は文化的エリートの家系で、財産はたっぷりあったが、父が職につかず、財産で生計を立てていたため、つつましい、質素・堅実な生活を心掛けていた。そういうつつましい、堅実な家風と、シェーネマン家の金満的な家風には相容れぬものがあった。「リリーの園」という詩の中で、ゲーテは、リリーの周囲に集まってくる連中を動物園の動物に見立て、そういう連中を揶揄しながら、そういう連中の輪の中から抜け出せずにいる自分を、リリーの魅力にがんじがらめになっているぎこちない熊になぞらえて、自嘲的に歌っている。

リリーの園

リリーの園より
にぎやかな動物園はない！
そこにはなんとも奇妙な動物がいて
彼女はどうやってかわからぬが、彼らをみんな飼っている。
飛ぶわ、走るわ、ばたばた跳ねるわ。
……
彼女が戸口に現れようものなら、
なんという喧騒、なんという騒々しい鳴き声。
……
美しい手からいただけるというだけで、
神々の食もかくやあらんと言わんばかりに、
たったの一切れのパンを求めて、

押し合い、圧し合い、引っ張り合い、
互いに追いたて、威嚇し、噛みつく。

それにしても、その眼差し、その声音《こわね》。
彼女が「ピー、ピー」、声をかけようものなら
ジュピターの鷲も玉座から舞い降り、
ビーナスのつがいの鳩も
高慢ちきな孔雀までもがやって来る、
彼女の声が遠くに聞こえるだけで、
誓って言うが、彼らはすっ飛んでやって来る。

それから彼女は暗い森から
不恰好な、一頭の野性の熊を
彼女の園に連れてきて、
飼いならされた連中の仲間に加え、
彼らともども飼いならす。
あたりまえだが、それもある程度まで！
彼女の姿の美しさ

その容姿の素晴らしさ！
その花に水をやるためなら
私は血をも惜しみはしない。

……

突然、ああ、体中に湧きあがる
至福の感情！
彼女がそこで、園亭の中で歌っている！
その愛らしい歌声に私は何度も耳を傾ける。
あたりの空気は暖かく、花々は咲き乱れ、
ああ、私に聞けよとばかりに彼女は歌うのか？
私は押しかけ、潅木を踏みしだき、
繁みは私から逃れ、木々さえ私に道を譲る。
ついに彼女の足元に横たわる獣、それが私だ。

「それにしてもおかしな獣！
熊にしてはおとなしく、
むく犬にしてはしつけの悪い、

毛むくじゃらで、野暮で、ずんどうで！」と言わんばかりに、私を見つめ、
私の背中を彼女は足で撫でまわす。
体中がむずむずしてきて、
私はもう天国にいる気分。
彼女は平然と見まわし、
私は熊としてはおとなしく
彼女の足にキスしたり、噛んだり。
そっと身を起こし、こっそりと
彼女の膝におとなしく——運のいい日には
彼女はそれを許し、私の耳を撫でてくれる。
突然からかい私をぴしゃりと平手打ち。
歓喜の中で生まれ変わったよう、私はのどをかき鳴らす。
それから彼女は甘く、気取って嘲けって言う、
「さあ、おとなしく、お手々を出して
綺麗な殿方よろしく
お辞儀をするのよ」
こうして、彼女は戯れ、笑い転げる。

……

ああ、それにしても、神々よ！
このやりきれない魔法の業を終わりにできるのは御身らだけだ。
私を自由にしてくれるなら、どんなに御身らに感謝することだろう。
しかし御身らの助けはやっぱり来ない、
むだに手足を振るっているんじゃない、
私は感じるのだ！　誓っていうが、私にはまだ力がある。

この結婚には、父親が、そして妹が反対した。かならずしも自分の結婚生活が幸せではなかった妹のコルネーリアは結婚の難しさを知るが故に、ゲーテの結婚には特に心配した。

妹が真剣にリリーと別れるように命令する権利があると考えたのは、こういう事情とこういう経験があったからだった。自分がよく理解しているこういう女性を、なるほど派手というのではないが、にぎやかな活気ある社交的な生活から引き離して、われわれの、きちんとした家庭ではあるが、それほど目立って派手なところのない家庭の中に閉じ込めて、人は悪くないが、無口で、教訓好きな父と、自分なりのやり方で家事にいそしみ、仕事が終われば、気楽に手芸などを楽しんで、若い粒よりの娘さん達と楽しい語らいの時をもつのが好きな母の間に置くことは、妹には難しいことだと思われた。（『詩と真実』より）

ワイマールの宮殿前に立つアウグスト像

しかし、リリーはこの窮状を打開するために、一時は、ゲーテとともに、自由な新天地、アメリカへ移住しようとさえ告白した。ここには、単なる金満家庭のお嬢さんではないリリーの気丈さが窺われる。

リリーとの恋愛の進退が行き詰っていた頃、たまたまワイマール国の、いずれ王となるアウグスト公(Karl August)がルイーゼ姫との結婚式をカールスルーエであげるために、フランクフルトに立ち寄ったが、その時にアウグスト公はゲーテと会い、互いに意気投合、当時一躍名声を博していたゲーテを自分の宮廷にぜひ招聘したいとアウグスト公はゲーテに要請し、そしてゲーテもその気になる。

しかし、ゲーテを迎えに来るはずのアウグスト公の使者が遅れたために、ゲーテはこの約束を反故《ほご》にされたものと思い、現状を打破したいと考えていた彼はイタリアへと逃亡を企てる。しかし、かろうじて出立しようとしていた矢先に使者は間に合い、ゲーテは踵を返して、逆に進路をとり、ワイマールへと向かう。そして彼は生涯をワイマールで終えることになる。

これは、リリーからのワイマールへの逃走と言うこともできようが、精神的にも行き詰まっていたゲーテにとってアウグスト公からの要請は渡りに船であった。ゲーテは、フリーデリケ・ブリオンから逃れ、シャルロッテ・ブッフから逃れ、そして今また、リリー・シェーネマンからの逃亡を企てる。この恋こそが、池内紀氏も言われるように、「逃げる男」ゲーテの面目を示す典型的な恋であったと言うことができる。
ワイマールへの逃走後も、しばらくは、ゲーテはリリー・シェーネマンへの思いを断ち切ることができなかった。そういう思いを表現したのが次の詩である。

悲しみの喜び

乾くな、乾くな、
永遠《とわ》なる愛の涙よ！
半ばは乾ける眼にのみ
いかに味気なく、命失せてこの世の見ゆることか！
乾くな、乾くな、
不幸な愛の涙よ！

リリーは、その三年後、一七七八年、シュトラースブルクの銀行家と結婚する。夫は後にシュトラースブルクの市長になり、フランス革命の際、逮捕される悲運に見舞われたが、リリーは、その時、勇敢に、気丈に、沈着冷静に夫や子供を救出した。このことを見ても、リリーはお嬢さん育ちであるにもかかわらず、優れた資質の持ち主であったことがわかる。ゲーテの彼女を見る目に間違いはなかったと言うべきであろう。
一七七九年、ゲーテは、スイス旅行の途次、彼女を訪れ、厚いもてなしを受ける。その後、二度の文通があり、生涯、二人は互いに尊敬の気持ちをもち続けた。

リリー・シェーネマンは、ゲーテに最もふさわしい女性であったことは間違いないし、リリーも、ゲーテの自分への愛を、生涯、疑うことはなかったと思われる。

リリー・シェーネマンへの憧れと、それから身を引き離したい気持ちの葛藤を、最も率直に赤裸々に打ち明けた人が、一度も会い見ることがなかった女性、伯爵令嬢、アウグステ・ツー・シュトルベルクであった。彼女は、『若きヴェルターの悩み』を暗記するほどに愛読したゲーテの熱烈なファンで、『ヴェルター』への感激を書いた手紙をゲーテに送ったのがきっかけで、文通が始まり、ゲーテは、リリーへの自分の思い、喜びと苦しみをひたすら彼女に訴え続けた。しかし、そのアウグステを、ゲーテは、「グストヒェン」と呼んで、恋人呼ばわりしている。リリーへの思いが苦しければ苦しいほど、あなたこそが私の恋人、あなたとぜひ会いたいと恋情を訴えている。しかも、その手紙の一通を、あろうことか、リリーの部屋から書いたという。しかし、リリーへの思いが清算されると同時に、アウグステへの手紙も途絶えた。

顔をも知らぬアウグステを、彼はリリー体験の懺悔聴聞者として、恋の苦しみを訴えた。その手紙はまた、当時の陶酔と危機の間を大きく揺れるゲーテの心の直接の鼓動を伝える貴重な告白であり、ゲーテの疾風怒濤的情熱の不安な、かつ直截な告白たりえている（高橋健二『若いゲーテ　評伝』参照）。

ゲーテのこの疾風怒濤期の情熱の最も優れた結実、それが『初稿ファウスト（Urfaust）』であった。そしてその赤裸々な魂の息遣いを、われわれは今も『ファウスト』第一部の中にはっきりと見ることができる。次の章において、『ファウスト』第一部の内容をたどり、それを解釈しながら、若き日のゲーテ、そして成熟期にいたるゲーテの愛の本質、構造を明らかにし、かつそれを総括したい。

第5章

『ファウスト』

一　『ファウスト』の成立

ヴェルター的な情熱を、一言で言えば、日常性に回帰できない情熱と言うことができる。そしてヴェルターの一卵性双生児とも言うべきファウストのそれは、時間的・空間的な制約を踏み越えてゆく衝動と言っていい。しかし、その両者は帰一するところ同じであって、そのいずれもが、この世のもの、この世の幸福、安寧に自己を限定することができず、安んじることができない衝動と言っていいだろう。にもかかわらず、その衝動が、この世のものを所有しようとしてそれに手を伸ばすとき、それは他者をも自己をも破滅へと追いやることになる。それを敢えてなしえない者の悲しみ、それがヴェルターの悲しみであった。かくて、ヴェルターは自殺というかたちでしか、自分の情熱に出口を与えてやることができず、あるいは形を与えてやることができなかった。

そのヴェルターの閉鎖性を破っていこうとするところに、ゲーテによる新しい人間像、ファウストが誕生する。そして、その閉鎖性を破っていくところにまた、行動が生まれ、ドラマが生まれる。ヴェルターのように閉鎖性の中にとどまる限り、主人公は受動的であるばかりで、そこにドラマが生まれる可能性はなかった。つまり、ドラマティックな物語の展開を期待することができなかった。しかし、「行為するファウスト」にふさわしい文学形式はドラマである。

ゲーテのファウストは、ゲーテによって生み出されたヒーローであるとは言え、ファウストは、ゲーテによってオリジナルに考え出された人物ではなく、実在の人物であり、また伝承上の人物であった。ファウストは一五〜一六世紀に実在した山師的錬金術師、あるいは魔術師であったと言われている。

錬金術とは、古代エジプトに起こり、四〜六世紀頃のヨーロッパで栄えた原始的化学技術で、鉛などの卑金属を金のような貴金属に変化させること、そして不老不死の薬を作ることを目的とした。目的そのものがいかがわしいこの術の試みは、結局、成功しなかったが、こういう試みの中から、その技術が洗練されて、近代化学の礎となった。

実在のファウストは、南西ドイツのクニットリンゲンで、一四八〇年頃に生まれ、一五三九年頃に南西ドイツのシュタウフェンに没しているとも言われているが、確かなところは分からない。彼は一冊の書物も残さず、奇行の言い伝えだけを残した人物である。

彼に関する歴史的な記述の多くは、どこそこで、ファウストなる人物が現れたといった程度の簡略な記述にとどまるが、次の二つの記述は彼の行状について書かれた数少ない貴重な証言である。一つは、ヨハンネス・トリテミウスによる報告で、彼は、ハイデルベルク大学在学中のファウストについて、「このおしゃべり男は、聖なる教会に反抗するような言辞を弄するけしからぬ降霊術師である」と伝えている。もう一つは、メランヒトンによる報告で、彼は、「わたしの故郷の隣り町出身のファウストという男を知ったが、彼はクラナウ大学で学んだとき、魔術を習い覚えた。当時、そこでは魔術が盛んで、魔術についての公開講座さえ開かれていたのだ」と報告している。（小塩節『ファウスト　ヨーロッパ的人間の原型』、参照）。

一切書物も残していないにもかかわらず、彼についてのいくつかの歴史的な叙述が残されているということは、彼の言動が人目を引くものであったのか、彼自身があえてその効果を狙ったのか、いずれにせよ、彼の言動にはどこかいかがわしさが付きまとっていたことをも示唆している。

クニットリンゲンのファウスト博物館

当時、錬金術そのものにもいかがわしいイメージがあったために、錬金術師、イコール魔術師というイメージが付きまとっていた。そして、現実生活の中ではとうていかないそうにもない夢や願望を、民衆はそのファウストという魔術師まがいの錬金術師に託して表現し、それによってファウスト伝説を生み出していったと言うことができよう。

ファウストが死んで後、そういった伝承がラテン語にまとめられて、一五七五年に出版されるや、そのドイツ語訳が写本として民間に広まることとなった。その写本を基にして、まとめられたのが、シュピース書店から出版された『ファウスト博士物語』であった。これは爆発的な人気を呼んで、それ以後、一〇年の内に、海賊版を含めて、計一六冊の『ファウスト博士』の伝説本が誕生したと言われる。

シュピース版『ファウスト博士物語』の内容は、主人公、ファウストが悪魔と手を組んで、魔術を駆使し、欲望の限りを尽くすというものであったが、その内容は、きわめて反キリスト教的な内容のものだったため、教会の監視を恐れて、こういう行為をおこなえば、最後は地獄行きとなるという教訓めいた結末を与えることで、体裁だけは、キリスト教的な教訓話に仕立て上げられた。

しかし、民衆は、そのキリスト教的な教訓めいた結末よりも、魔術を駆使して欲望の限りを尽くす主人公の行動に痛快さを感じて、それは爆発的な人気を呼んだ。世間的に見ていわゆる悪いやつほど、民衆の欲望、心の琴線に触れるものがあった。いわば民衆の欲望を代弁するものとなった。実際は、反教会的な内容に拍手喝采を送ったというのが民衆の本音であった。

もう少し、その内容を詳しく述べると以下のようになる。

ファウストは天地、万物の理法を得たいと願い、降霊術によってメフォストフィレスという名の悪魔を呼び出し、その悪魔と二四年間にわたる契約を結ぶ。その契約とは、二四年の間、悪魔はファウストに意のままに仕えるが、その期間が切れた後は逆に、ファウストの魂は悪魔のものとなり、地獄で彼が悪魔に仕える身となるというものであった。その契約を結んでからは、悪魔の術によってファウストはしたい放題で、体を隠すことは勿論、空をも自由に飛翔し、ヨーロッパ、アジアの大陸を遍歴し、過去の歴史上の人物や、神話の世界の人物まで現世に呼び出すことも可能となる。その間、領主や農民をからかい、ユダヤ人をだまし、トルコ皇帝の宮廷、あるいはローマ法王庁に忍びこんでは、性欲、食欲を問わず、欲望の限りを尽くす。そして最後には、ギリシア神話の絶世の美女ヘレナと結婚するにまでいたる。しかし、二四年間の契約の期間はあっという間に過ぎて、その期限が切れた日の朝、彼の書斎で奇怪な音が轟き、弟子たちが駆けつけてみると、ファウストの死体が周辺に散乱し、書斎の壁には、たたきつけられた彼の脳髄がぬるり垂れて、湯気が上がっていた。

当時は、ルターの宗教改革の時代で、ドイツの民衆の間では、反ヴァティカン（反カトリック）的な風潮が結構強く、特に、ルター派の影響の強かった地域にこの物語が広く浸透していった。

既存の制約に縛られず、悪魔と結託し、キリスト教世界への思い切った反逆をあえてやってみせるこのファウストの中に、近代意識の芽生えを端的にわれわれは見ることができる。時代の制約、教会の権威には縛られないという意味では、彼はルターと同じ時代の精神を呼吸している。表世界で、マルティン・ルターがそういう旧来の権威に反逆し、裏世界で、それに対応した行動をとったのが、ファウストであった。

ドイツで特にファウストが人気を博した理由は、彼が、ドイツ人らしいその徹底的な探求意欲、キリスト教化されることのない野性的なゲルマン魂をいたく刺激した点にあったと考えられる。

民衆本にはさらに改作が重ねられ、ヴィッツァーが改作した伝説本をゲーテは自分の文学の素材とした。このヴィッツァーの改作本の重要な点は、ファウストがある貧しい少女を愛したというエピソードが付け加わったということで、これがゲーテの『ファウスト』のグレートヒェン悲劇の下敷きになった。

カトリックの強いフランスでは、ファウスト本は禁書になったが、カトリックの影響がなかったイギリスでは、ドーヴァー海峡を越えてこの伝説が伝わり、新たなファウスト文学が生み出される。それが、クリストファー・マーロウの『フォースタス博士の悲劇的な物語』であった。

さらに、このマーロウのファウストは、劇として上演され、それがドイツに逆輸入され、民衆劇として定着、さらに人形芝居として上演されるようになった。ゲーテの幼少時代（四歳）に、クリスマスの晩に、彼の祖母が、子供たちのためのクリスマスの贈り物として人形芝居の道具をプレゼントし、ファウストの人形芝居を自宅上演させて見せた。これに幼いゲーテは深い印象を受け、生涯、ゲーテにはファウストについての関心が付きまとった。自伝小説『詩と真実』の中で、その時の驚きと感激が詳しく記されている。

人形芝居として扱われるということは、伝説の主人公としては、なれの果て（最も通俗的なもの）に成り下がり、その毒気が失われ、ほとんど文化的意義も危険性も失われてきているのであるが、そこにかすかに残されているその伝説の毒気が幼いゲーテの心の中に反響し、それ以後、彼の心から去らないものになっていったと思われる。

ゲーテの『ファウスト』以前の文学としては、先に挙げたシェークスピアと同時代のイギリスの作家、クリストファー・マーロウの『フォースタス博士の悲劇的な物語』と一八世紀の啓蒙主義作家であるレッシングのファウストについての覚書が挙げられる。

クリストファー・マーロウのファウストはドイツから伝えられてきた元の伝説のファウストとは違い、いかがわしいファウスト像ではなく、天地人生の理法を、魔術を使ってでも捕まえようとする巨人的な人物、すなわち、カトリックのキリスト教的伝統へ反抗し、悪魔と結託してまで、認識への欲求を満たし学問追求をやり遂げようとする現世的な認識と力への意欲に満ちた人物像として描かれている。

覚書に終わったレッシングのファウスト像では、この伝説に含まれている知識への無限の衝動という点が注目されて、真理を追究する努力が悪であろうはずがないという考えから、初めて救われるべき人間としてのファウストが構想された。認識意欲は神の是認するところとし、レッシングによって、ファウストは近代的意識をもつ人間として肯定的に評価され、そのファウスト像はさらに重要な一歩を印している。啓蒙主義とは、キリスト教的な伝統や権威に支配されない自立的、理性的な精神の確立を目指すものであるが、中世社会では、キリスト教的な価値観、考え方が絶対とされ、それからの逸脱が禁じられた。そういう中世的な価値観からの脱却を目指す啓蒙主義的な考え方をもつレッシングにとって、ファウストは決して否定されるべき人物ではなかった。

伝統的なあらゆる束縛、権威から自由になって、自らの欲求に素直に、それを徹底して追求していこうとするという点では、ゲーテもまた、ファウストを啓蒙主義的精神を体現する人物として描いてはいるが、同時にその近代的自我に不可避な悲劇を描き尽くしたという点では、ゲーテは『ファウスト』を、啓蒙主義を突き抜けた、いつの時代にも普遍的にあてはまる人間の悲劇として描いている。そういう意味で、ゲーテのファウストは、啓蒙主義時代の落とし子であると同時に、そういった時代精神をはるかに超えた普遍的人間像の確立であった。そこにゲーテの『ファウスト』が時代を超えて、永遠に読み継がれていく普遍性をもっている所以がある。それは反近代的側面すらをも備えている。

レッシングは、近代的人間の闇の部分をファウスト伝説の中から汲み取っているとは言えない。その闇の部分にも目を向け、それでもそのような人間が救われるべきかどうかを問うたのが、ゲーテの『ファウスト』であった。

ゲーテは何故ファウストに関心をもったのか？　それは深くゲーテの資質に一致するものがあったがためにほかならない。幼い頃に播かれた種がひとりでに成長し続けるように、ゲーテの中で自らファウスト像が成長していった。ゲーテは、六〇年をかけて『ファウスト』を書き継いでいったが、それほどに、ファウストはゲーテの資質に一致するものがあった。それぞれの時代に書き続けられていくことによって、そのファウスト像にはまた、それぞれの時代のゲーテが反映し、彼の『ファウスト』の中に、彼自身の成長の軌跡（Spuren）をわれわれは読み取ることができる。この意味で、ゲーテの『ファウスト』は、きわめて重層的な構造をもち、一筋縄では論じきれないいろいろな要素、いろいろなモティーフをもち、それはテーマのごった煮のような作品であると言ってもよい。そこに、ゲーテ文学のまどろっこしさと共に、多様で、豊穣な魅力がある。人生の諸相の多様性をこの『ファウスト』に盛り込もうとし、それによって、テーマの一貫性をあえて破っている確信犯的なものがゲーテにはあるのではなかろうか。しかし、第一部には、多少の脱線が見られるとは言え、そのモティーフにははっきりとした一貫性が認められる。第二部以下の『ファウスト』は、壮年期から老年期のゲーテが書き継いでいったため、その時期に培われたゲーテの一切の教養がそこに傾注されている。したがって、ゲーテについてのある程度の知識をもった人でなくては、第二部にはとっつきにくいものがあり、そう意味では、若い人にはあまり薦めることができない。本書においても私は、壮年期にまとめられたとはいえ、その多くの部分に青年期のゲーテの精神が傾注された『ファウスト』第一部に限って論じていきたい。

次に、ゲーテの『ファウスト』成立の過程について簡単にまとめておこう。

『ファウスト』第一部のベース、あるいは根幹となった『初校ファウスト（Urfaust）』はかなり早い時期に書かれ、一七七五年頃までには、すでに書き上げられていたと言われる。これはまた、リリー・シェーネマンとの恋が暗礁に乗り上げていた時期に書かれたものであり、それは大まかに言えば、柴田翔氏が言われるところの「学者悲劇」に属する冒頭の部分のモノローグ（独白）と「グレートヒェン悲劇」の二つの部分から成り立っている。ほかに地霊の出現、学僕（助手）ワーグナーの登場、メフィストーフェレスの学生の面接、などの場面が同時期に書かれた。これが、『ファウスト』第一部の大筋を決定している。これだけで十分に物語として楽しむことができるほどである。

次に書き続けられたのは、イタリア旅行から帰って後、一七九〇年頃に書かれた、いわゆる「ファウスト断片」と呼ばれる部分で、柴田翔氏はそれらの部分を「脇場面」と呼んでおられる。「魔女の厨」、「森と洞窟」、「書斎Ｉ（一七七〇―一七八五行の契約の場面）」がそれにあたる。

さらに、一八〇〇年前後、第一部完成時に、『ファウスト』のテーマを総括、決定しているともいうべき重要な場面を含む「三つのプロローグ、前口上、（捧げる言葉、舞台での前狂言、天上の序曲）」と、「夜（後半）」、「市門の前」、「書斎Ⅱ」、「書斎Ｉ（一七六九行まで）」、「ヴァルプルギスの夜」、「ヴァルプルギスの夜の夢」などの場面が書かれた。しかし、ゲーテと共に手を携えて、ワイマールを活動の舞台とし、疾風怒濤の時代から古典主義文学の時代にかけて、ドイツの文壇、ドイツ文化をリードした、ゲーテの盟友、シラーの死の後、二〇年にわたって『ファウスト』の制作は中断される。

一八二七年頃から『ファウスト』第二部が再び着手され、一八三一年に第二部が完成する。六〇年にわたる労作の完成を無上の喜びとし、その後の生活を天与の「贈り物」と考え、ゲーテは『ファウスト』を厳重に封印する。しかし翌年一八三二年にもう一度封を解き、若干手を入れた後、再度封印、まもなく三月二二日にゲーテは永遠の眠りについた。

『ファウスト』文学の精髄は「今、ここで、全部」にあるとする柴田翔氏は、次のように言っておられる。

それは、人類史における無数の人々の営為の末に類としての人間がいつか根源的原理の把握にいたるだろうと考え、自分はその長い過程の一段階を果たせばよいと、いう謙虚な（あるいは悠長な――私見）思いではありません。あるいはまた、自分の長い人生において、日々の営為の積み重ねの上にいつかそれに至るだろうと確信しつつも、さしあたりは今日の仕事を着実に果たすというのでもありません。世界の根源的原理を、この自分が、今、ここにおいて、一挙に知らなければならないという不遜な要求です。

一挙に、この場で、一切を知りたい、体験したい、実現したいという無制約的、無時間的、性急な渇望こそが青春の情熱であるが、かかる欲求の実現のためには、制約があり、時間がかかる。空間的、時間的制約の中でたゆみなく努力し、その中で自己を展開していこうとすることに、性急な青春の情熱は耐えることができない。かくて青年は絶望する。そこにヴェルターの行き詰まりがあった。しかし、あえてその空間的、時間的制約の中で自己を実現し、展開していこうとするところに、青年期から壮年期への変貌、「行為する人間」としてのファウストの誕生があった。

二 『ファウスト』第一部のあらましと解釈

まず、以下、『ファウスト』第一部の物語のあらましを述べながら、内容を解釈していきたい。

三つのプロローグ

三つのプロローグ（前口上）は「捧げる言葉」「舞台での前狂言」「天上の序曲」から成る。これらの文章は『ファウスト』第一部の完成時期に書かれたもので、その当時のゲーテの思想、英知が反映されているという意味で重要であると同時に、この三つプロローグの中で、とりわけ「天上の序曲」が、『ファウスト』全体のテーマを決定しているという意味で重要である。

(1)　捧げる言葉

この文章は、一七九七年頃（ゲーテ、四八歳頃）、シラーの熱心な勧めがあって、長い休止の後、ゲーテが『ファウスト』第一部の作成に再び取りかかったときに書かれたもので、二〇代で書き始めた『ファウスト』を書き継ぐにあたってのゲーテの感慨がここに込められている。青春はすでに遠い過去のものとなっているが、再び青春を取り戻し、第二の創造的な時期へまさに入っていこうとする時代のゲーテの心のゆらぎ、ときめき、おののきがこれらの文章から伝わってくる。

ワイマールの国立劇場前に立つシラーとゲーテ像

はじめにわたしの歌を聞かせし人はみな、
それに続く歌を聞くよしもなし。
親しいまどいは失せ、
かつて聞こえし賞賛の声も今はなく。
わたしの嘆きは見知らぬ人の耳に響くとも、
彼らの喝采にすらわたしの心は不安におびゆ。

わたしの歌にかつて喜び耳を傾けし人、
なおこの世にありて生あるも、迷いて、今は散り失せぬ。

若いゲーテが『初稿ファウスト』を読んで聞かせたワイマールの社交の集いも、人も、空気も、今と昔では、大きく変わった。しかし、「懐かしい人たちの面影」、「初恋」、「友情」が新たに蘇り、四八歳のゲーテに思い出されてくるのは、フリーデリケ・ブリオン、シャルロッテ・ブッフ、リリー・シェーネマンなど、愛し合いながら別れた人達、また、彼に先立って世を去った妹のコルネーリア、クレッテンベルク嬢、メルクといった人達であったろう。

そして今、政務、仕事に追われて失われてしまっていた、華やぐような、ときめくような若い時代の、青春の感興がよみがえってきて、再び筆を取ろうという思いがゲーテに起ってくる。

私のささやきにも似た歌が今、奏で始め、
……
頑なになった心が和らいでいく。

ゲーテには、何度かの青春が訪れる。青年期の後、人生の辛酸、苦労をなめて、ともすれば人の心はかたくなっていきがちであるが、その時期をすぎれば、心もなごみ和らいでくる。それが第二の青春というべきものであろう。その第二の青春が訪れる人はまれではあるが、ゲーテには今、確実にそれが訪れようとしている。

ゲーテは常に人生の節目、節目を意識して生きる人であった。

（2）　舞台での前狂言

ここでゲーテは、ドラマの始まる前に舞台裏をあえて見せることによって、座長、詩人、道化に、それぞれの立場から、芝居、演劇についての見解を語らせ、彼らの言葉を通して、ゲーテの演劇、ドラマへの思いを吐露している。座長は経営者の立場から、詩人は書き手としての立場から、道化は、面白おかしいしぐさ、口上（言葉）によって舞台を盛り上げる立場から、芝居はかくあるべしという信念を披瀝する。もちろん、ゲーテは、詩人の口を通して、自分の演劇、ドラマ、文学についての思いを吐露していることは言うまでもない。

座長は、経営に携わる者として、何よりも収益が上がることを期待する。客が喜び、自分達が潤うことが何より重要であるのだが、詩人は、客が喜ぶものを作ることを強いられることによって自分の目指すものが損なわれてしまうことを嘆く。詩人が目指すものと、大衆受けするものは違う。後世に残るようなものを創り出したいと詩人は切に願う。

あのわけのわからない人たちのことは言わないで下さい。
彼らを一目見るなり、私からは霊感が逃げてしまいます。
無理やりわれわれを渦巻きの中に巻き込んでいく
あの大波のように押し寄せる人たちをどうか私の目から隠してください。
どうか、私を静かな天上の世界へ連れていってください。
そこでこそ、詩人には清らかな喜びが咲き、
神々のみ手で、愛と友情が

われわれの心の祝福を生み、育てるのです。

それに対して、道化は、ひたすらその場限りの効果を狙う。その場その場で客が喜んでくれればそれでいい。後世の評価なんて知ったことではないと道化は言う。

私が後世のことを問題にしたからといって、
後世の人は私に何をしてくれるんです。
誰が今生きている人を喜ばしてきたというのですか?
彼らこそ楽しみを欲しがっているし、また欲しがる権利もあるのです。

こういった会話には、ワイマールでのゲーテの演劇活動の苦い体験が反映されている。またこの苦い体験は、教養小説、自己形成小説（Bildungsroman）と呼ばれている『ヴィルヘルム・マイスターの修業時代』でも再現されている。主人公、ヴィルヘルム・マイスターは、演劇に高い使命感を抱いて、演劇に携わり、演劇を通してドイツ国民を啓発し、あるいは演劇を通して自己を形成していくことを志すが、演劇を迎え入れる大衆はその場限りの欲望が満たされることを望み、啓発されることなんぞは望んでもいない。さらに演劇に直接携わる演劇人の志の低さにヴィルヘルムは失望し、演劇を通しての自己形成を諦め、演劇の世界から去り、より広い社会の中での自己形成を目指す。

ゲーテもまた、演劇活動を通して、観客が求めるものと詩人としての自分が求めるものとのギャップに悩んだ。自分の詩人としての資質が消耗される危険性をつねに感じた。演劇活動への熱狂と失望感が『ヴィルヘルム・マイスターの修業時代』の中に色濃く反映している。
そのゲーテがここで、詩人をしてこう語らせている。

どうかあの頃をもう一度返してください。
私がまだこれからだったあの頃、
心に迫り来る歌の泉が絶え間なく新たに湧き上がり、
私の前でまだ霧が世界を覆い、
蕾がこれから起ころうとする奇跡を約束していたあの頃、
どの谷にも咲き満ちていた
多くの花を手折っていたあの頃、
私にはまだ何もなかったが、それでも心は満ち足りていた！
真実に焦がれ、仮象の世界を楽しむことができたあの心を！
あの衝動をそのまま返してください、
深く、苦痛に満ちた幸せを、
憎む力を、愛する力を、
私の青春を返してください！

苦痛に満ちた幸せ、憎む力、愛する力、そういったものはすべて青春の心の叫びから発する。そして詩とは青春の歌、青春の心の叫びである。これはシュトラースブルク時代にヘルダーから学んだゲーテの確信であった。青春を喪失することによって、人は詩を歌わなくなる。詩人、ゲーテもまた、詩人としての自分の資質が失われていく危険性を生涯を通じて感じ続けた。しかし、ゲーテはたえず詩人としての再生を試み、それによって老年にいたるまで詩人であり続けた。四〇代のゲーテもまた詩人として枯渇に悩んだ時期にあったが、再び、詩人として再生したいという切なる願いが、四〇代後半のゲーテに、ふつふつと蘇ってくる。それが、『ファウスト』第一部を完成させるにあたっての大きな原動力となった。

読者は、座長、詩人、道化のそれぞれの言い分から、気に入った箴言《しんげん》の二つ、三つはすぐ拾い出せるだろう。と手塚富雄氏は言っておられる。それは確かにそのとおりであると私も思う。しかしまた、『ファウスト』全編が箴言の宝庫と言っていい。

(3)　天上の序曲

この章は、『ファウスト』全編の理念、モティーフを決定している。この章は『旧約聖書』の「ヨブ記」にならって書かれており、主である神と悪魔メフィストーフェレス（以下、メフィストと記す）の賭けという枠組みはそこから借りられたものである。

旧約聖書の「ヨブ記」では、信仰篤いヨブをめぐっての神と悪魔の賭けがなされ、悪魔は、そのヨブをいろいろな苦難にあわせることによって彼に神への不信の念を抱かせ、神への信仰から彼を離反させ、彼を悪魔のとりこにして見せると言う。それに対して、主なる神はいかなる苦難を体験しようと、ヨブの神への信仰は揺らぐことはないと言う。

同様に、『ファウスト』においても、主である神はファウストが神から離反しないこと、正しい道からはずれはしないこと、いかに悪魔であるメフィストが、ファウストを誘惑し、いかに悪業の道に引きずり込もうとも、最後はファウストは救われることを主である神は確約する。それに対して、悪魔であるメフィストはファウストを悪魔の道に引きずり込み、自分のとりこにしてみせると断言する。

一八〇〇年頃、この場面を書くことで、主の口を通して、ゲーテは、人生の途上にあっては、いかに悪業にまみれたかに見えるにしても、主人公のファウストは救済されるべしとの大方針を決定した。

この悪魔、メフィストは、ルシファーの末裔であるが、ルシファーとは、魔王であり、暗黒の王である。こういった悪魔の王は、この世の悪の不条理を説明せんがためにキリスト教の教父（キリストの使徒伝承の継承者）たちが作った創造神話において考え出されたものであった。その神話とはこうである。

神の創造とは、神から出て神に帰っていくことにあるが、神が神のままであり続ける限り、創造はありえない。神から出ながら、神とは異質なもの（反するもの）を生み出すことによって、創造が可能となる。そこで生み出されたのが、ルシファーと呼ばれる天使である。しかし、そのルシファーと呼ばれる天使が、自らは神から出たものでありながら、その高慢から自分の出自を忘れ、自らが存在の根拠であると見なし、神から離反していくところから、ルシファーと呼ばれる天使の堕落が始まった。そして世界の悪も生み出されることになる。しかし再び、そのルシファーが神からの離反、堕落を恥じて、自らの出自である神に思いを向け、神に回帰していくことによって、創造の全過程が終えられる。これは神を弁護する弁神論ならぬ、悪魔の存在を弁護する弁魔論とも言うべきものである。しかし、悪魔の存在が弁護されることは、同時に創造者としての神の意図が弁護されることを意味する。ゲーテは『詩と真実』において、同様の趣旨の創造神話を自らのものとして展開している。

このような考えから、この「天上の序曲」において、ゲーテはメフィストの存在意義を否定しない。ゲーテは主の口を通してこう語らせている。

否定する霊たちのうちで、
あの悪戯者《いたずらもの》は私には全く邪魔にならない。
人間の活動は余りに簡単に弛みがちになる。
彼らはすぐに絶対の安息を求めたがる。
だから、私は刺激し、悪魔として働く仲間を
人間につけておくのだ。

この悪魔、メフィストはここで、神が人間のために与えた、そして逆説的に人間の成長を促進する存在、人間を活動するべく刺激する存在として評価されている。かくて、悪魔は神が人間につかわした存在であり、その存在は神の創造の意図には反しないとするきわめて大胆な発想がここで展開される。

このようにして、人間の中では、天使とメフィストという対極的な力が作用することになり、二つの力が綱を引き合うこととなる。そしてそれによって人間の成長が促進される。

この構図の故に、人間は悪魔の誘惑に常にさらされ、迷いは避けられず、むしろ、「人間は努力する限り、迷うものだ（Es irrt der Mensch, solange er **strebt**）」ということが言われる。この **streben** を「努力する」と訳すのは致し方ないが、「努力する」という言葉には道徳的なニュアンスも汲み取られ、適当とは言い難く、ここでは、むしろ「**努めて前進しようとする限り**」といった意味あいでとらえたい。努めて前進していこうと意欲する限り、人間

は時には悪魔の術中にはまることも避けられない。

しかしまた主である神はこうも言われる。「よい人間は、盲いた衝動の中にあるときも、**正しい道**を忘れぬものだ」と。ここでもまた、この「正しい道」を道徳的な意味にはとりたくない。ここでは、この「正しい道」を「**人間のあるべき方向性**」といった意味で解釈したい。道学者的な発想で『ファウスト』を解釈することは、『ファウスト』のもつ精神のダイナミズムを見失うことになる。

ここには、ゲーテの大胆な人間肯定、人生肯定の精神が端的にうかがわれる。かつて今は亡き文芸評論家の亀井勝一郎氏は、その青春の精神の彷徨期、遍歴期において、この「人間は努めている限り、迷うものだ」という言葉がいかに自分の精神にとって救いであったかということを繰り返し述べておられる。一つの言葉が人を力づけ、支え、鼓舞し、生きる力を与えてくれる。ゲーテの言葉にはしばしばそういう力がある。それはゲーテに大胆なまでの人間肯定、人生肯定の精神が脈々と流れているからであろう。この精神の端的な発露を窺うことができるものとして、この章には非常に意義深いものがある。

夜

この場面では、『初校ファウスト』、あるいは『ファウスト』第一部の重要な一つのテーマである「グレートヒェン悲劇」と並んで、もう一つの重要なテーマである「学者悲劇」が描かれる。大学教授である老学者、ファウストの学問への絶望がここで語られる。もちろん、伝説のファウストは、大学教授ではなく、一介の錬金術師、あるいは魔術師であったが、ゲーテの物語では、ファウストは錬金術師ではなく、一切の学問を究め切った大学教授ということになっている。そのファウストによって一切の知識、学問への絶望が口にされる。

この主人公のファウストの時代の学問といえば、きわめて限られたものであり、ここでファウストが口にする学問は、哲学、法学、医学、神学が代表的なものとして挙げられている。さらに、メフィストが大学教授に扮して学生を面接する場面では、論理学とか、哲学の一分野である形而上学などの名前が挙がっている。

しかし、そういった学問を通してファウストが得たものは、旧来の手垢にまみれた知識、硬直化した知識に過ぎず、こういった知識にファウストは辟易としている。そういう断片的な知識をいくら集積したところで、生きた自然の靭帯ともいうべき根源的、統一的、全一的な生の実相には触れることができないことに彼は絶望する。すすけた見出しの紙切れ、書物の山、ガラス機、缶、実験道具、先祖伝来の家具、彼の研究室を占める一切のものが、そういった不毛な「死せる知識」の象徴として彼には呪わしく見える。

こういった学問への絶望感は、ゲーテがライプツィヒ大学で体験したものであり、それが、すでに述べたように、この場面で再現されている。このような死せる知識の象徴とも言うべきがらくたに取り囲まれた大学の研究室での生活は、犬でも御免こうむるだろうとファウストは嘆く。かくて、ファウストはアカデミックな学者にとってはタブーであるはずの神秘思想へと向かう。ゲーテはこの場面で、ノストラダムスの名を借りて神秘思想を代表させているが、ここで示されている神秘思想はむしろ、当時彼が共鳴するところの多かったスウェーデンボルクのそれであることはしばしば指摘されている。

ファウストは、このノストラダムスの神秘の書を手にとって、まず大宇宙の印を見る。すると、どうか。

ほう、これを目にすることのなんという歓喜。
突然、私の五官の中で、

若々しい神聖な生の幸福が
あらたに燃え上がり、私の神経と脈管の中を流れるかのようだ。
私は神ではあるまいか？　私には今は何もかも明るく見通せる。

霊の世界が閉じられているのではない。
汝の感覚が閉じられ、汝の心が死んでいるのだ！

今、ファウストには、失われていた自然との相関関係が回復されたかのように見える。若々しい生命が身体の隅々まで行き渡り、五官が蘇り、内面的な生の実感が取り戻される時、あたかも自身が神にでもなったかのように、自然は再び豊かな実相を現わすかのように見える。ファウストが生きた世界に触れることができなかったのは、彼の心が死んでいたからであって、彼の心が蘇るとき、自然は再び豊かな躍動を見せ始める。これはヴェルターも痛切に実感したところであった。しかしこの歓喜も一時的なものに過ぎない。心の躍動が失われるとき、自然の相は再び一変し、豊かな生命を喪失し、無果なる相貌を見せ始める。

何という見物《みもの》だろう！　しかしああ、所詮は見物に過ぎない。
どこでとらえたらいいのだ？　無限の自然よ。
汝の乳房はどこにある？　あらゆる生命の泉よ。
天と地はそこから命を得、

干からびた胸はそれを恋い焦がれる。
汝は溢れ、汝は万物に飲ませ、そして私はむなしく乾いて苦しむのか?

大宇宙の印を通して開示された豊かな自然の相も、所詮は、見物《みもの》に過ぎなかったことを、観想的生の空しさを彼はここで痛感する。これはまた、ヴェルターの悲劇でもあった。観想をもってしては根源的生の実相には届かないこと、それを掴みえないこと、そして再び、自身が生きた自然から疎外されていることを彼は痛感する。彼はより根源的生に近いものを求める。

そこで彼は地霊(Erdgeist)の印を見る。するとどうであろうか。彼にはみるみるうちに強烈な生の実感が蘇る。

まるで違うぞ、この印から来るものは!
地の霊よ、お前こそが私に近い。
すでに私の力の高まりを感じる。
すでに新しい酒を飲まされたような気分だ。
今は世界に打って出て、
この世の苦しみと、この世の幸福を担い、嵐と戦い、
難破する船のきしみにもおじけづかない勇気をおれは感じる。

地霊の息吹きがあたりに漂い、それに触れて、それこそが自分に近いと感じる彼は、地霊を呼び出すための呪文を唱え、ついに彼の前に地霊が姿を現わす。しかし彼は、地霊のもつその生の力に圧倒されて、虫けら同然に縮み

上がってしまう。そして、地霊はファウストに、おまえは自分が思っているものに似ているだけであって、私にではないという言葉を残して姿を消す。ファウストが地霊は自分に近いと思ったのは、彼の錯覚であって、彼自身は依然として生命の直接性から遠く隔たり、生きた自然からは締め出されている。**生きた自然から疎外されてある学者の悲劇**を、彼は再度あらためて痛感する。

この地霊は自分を次のように表現している。

生命の充溢と、嵐のような行為の中で、
おれは膨らみ、収縮し、
かしこに赴き、こなたに退く、
おれは**生誕と墓**、
永遠の海の満ち干
とりどりに織《はた》を織り上げ、灼熱する生である、
このように、時というざわめく織機でおれは創造し、
神性の生ける衣を作り出す。

ここで、地霊は自身のことを「**生誕と墓**」と言っている。言いかえれば、それは「**生産と破壊**」であり、「**創造と滅び**」である。この矛盾する二つの形式が地霊の実相である。創造の相と共に、むしろ強烈に破壊の、暴力の実相が彼に激しく迫る。この生の暴力的とも言うべき相に触れて、彼は虫けらのごとく縮みあがる。それは自然の創造的な相に触れて歓喜した疾風怒濤期前半のゲーテの自然観ではなく、むしろ疾風怒濤期後半のゲーテの暴力的で、

破壊的な自然観がここに反映している。

地霊に日常的時間に突き戻されて、彼には再び無味乾燥な時間が帰ってくる。そこに登場するのが彼の助手のワーグナーで、彼の存在は今まさにファウストが突き戻されて絶望し、そこで体験している、無味乾燥で、不毛な時間を象徴している。彼はファウストが嫌悪する「がらくた言葉を掻きまわす」学問の世界を金科玉条とする人間であり、過去の遺物の世界に生きている。彼はその学問への熱い思いを口にするが、ファウストにはそれがいよいよ虚ろに響く。

ワーグナーが退場した後、出口のない閉塞感に悩むファウストの目は毒の小瓶の方に引き寄せられ、それを手に取り、ついにその毒を仰ごうとする。しかしその瞬間、どこからともなく復活祭を告げる天使の歌声が聞こえてくる。幼い頃によく耳にした復活祭の歌声を聞いて、彼には、若き日の生の喜びに満ちた感情が蘇り、彼は再び生きる意欲を取り戻す。そして彼はつぶやく。

　大地はおれを取り戻したのだ。

と。この場面のゲーテらしい高揚した気分には素晴らしいものがある。

市門の前

続くこの場面も、前章の最後の高揚感を引き継いで、明るい喜びに満ちた感情が溢れている。ファウストは助手のワーグナーと共に、復活祭でにぎわう町に出て、庶民の生活に触れ、その生活感、生命感に心洗われる思いがする。そして、生きる喜びを再確認する。ファウストは言う。

ここでは、私も人間だ。私も人間らしく生きればいいのだ。

悶々とした前章までの気分とは対照的に、ここにはヴィヴィッドな魅力が溢れて、人間はあれこれ思い悩むことはないのだ。楽しく生きればいいのだというもう一つのゲーテの側面ともいうべき現世肯定的な気分が溢れている。しかし、この復活際でにぎわう町から、ファウストはむく犬に化けた悪魔、メフィストを連れて帰ってくる。

書斎

あいかわらず、精神的に渇きを癒されないファウストは、『新約聖書』の「ヨハネによる福音書」をひもとく。最初の「初めに言葉（Wort）ありき」の言葉がすでに彼には引っかかる。納得がいかない。言葉がはたして根源的なものと言えるのだろうかと彼は疑念を抱く。学問は言葉の世界であり、その世界に絶望したファウストは、学問の世界で有効な言葉というものに重きを置くことができない。そこでこの新約聖書の言葉を別の言葉に置き換えてみようと彼は試みる。根源的なものは言葉ではなく、「思い」ではないかと。しかしやはり、今一つ、納得がいかない。それでは、「力」か。かなりいい線までいっていると思うが、まだ十分に納得できない。さらに言葉を置き換える。「行為」ではないか。そうだ、「行為」だと、彼は納得する。まず行為がなければならぬ。力も思いも言葉もそのあとから出てくるのでなければならぬと彼は今、合点がいく。ファウストに欠けていたのは、行為であり、体験的な知であり、それは研究室の中では得られないものである。彼はまず研究室を出て、行為しなければならない。

そう確信したファウストに、それに呼応するようにむく犬に化けていたメフィストがその正体を現わす。メフィ

スト、つまり悪魔はまず、自己紹介をする。自分は、

絶えず、悪を欲して、善を生み出すあの力の一部です。

と。この自己紹介の言葉は、「天上の序曲」において、主である神がメフィストについて述べた言葉に対応する。主はこう語った。「私は刺激し、悪魔として働く仲間を人間につけておくのだ」と。メフィスト自身の言葉がはからずもこの神の言葉に対応している。悪魔自身が、自らを神の創造の一部であると、そして自らの出自が神であることをここで告白している。

神の絶対的な力に比べれば、悪魔の力は相対的なものであることを、悪魔自身が認めている。ゲーテにとってこの世に絶対的な悪はない。われわれがこれから見ていく「グレートヒェン悲劇」を見ても、この世のいかなる不条理を見ても、ゲーテにとって、この世には絶対的な悪はないという確信がここで再び吐露されている。

さらに、メフィストは自己紹介を続けて、自らを「つねに否定してやまぬ霊です」と言っている。ここでもまた、「天上の序曲」の主の言葉が再確認されている。主は悪魔のことを「否定する霊」であると言っていた。

そして、否定する霊であるが故に、メフィストはこう言う。

生じてきた一切のものはどうせ滅びるんです。
だから、一切は生じてこないほうがましだったんです。

と。この言葉は生の否定であり、生への嫌悪であり、ニヒリズムである。そして、それが悪魔の破壊衝動へとつながっていく。この世の破壊衝動、犯罪行動の裏には、かかる生の否定、生への嫌悪、ニヒリズムがあることは、昨

今の反社会的行動を見れば明らかであろう。生への復讐心からあらゆる悪魔的犯罪はなされる。しかし、ファウストはこう言う。

君は大きなところではなにも破壊することができない。
それで君は小さなところで壊しにかかっているのだ。

と。そしてそれを受けて、メフィストもまたその破壊活動が決して「はかばかしくいかないのが実状である」ことを認めて、次のように愚痴っている。

無に対立する
この不格好な世界、
それにいかに手出ししたところで、
その度ごとにおれは何もできなかった。
津波、嵐、地震、火事、何で攻めても駄目だ。
海と大地はびくともしない！
畜生や人間の族《やから》ときたら、いまいましい奴らめ、
まるで何食わぬ顔つきだ。
奴らのためにおれはどれほど骨折って墓穴を掘ってきたことか。
それでも、変わらず、生きのいい奴がまたぞろ出てくる！

こんなことがいつまでも続くようでは、頭にくるっていうものさ！
大地からはもちろん、大気や水からも
乾燥しようが、じめじめしようが、寒かろうが、
数限りない芽が吹き出してくる。

それに対して、ファウストは次のように答える。

そのように君は永遠に恵み豊かに
創り出す力に対して
空しく悪意で固めた悪魔のこぶしを
振るっているのだな。

この両者のやりとりは、結局は、悪魔、メフィストが「悪を欲して善を行う力の一部」の域を出ない相対的な力であることを示唆している。このゲーテの悪魔観の大胆さは画期的なものと言ってよい。

書　斎

続くこの書斎の場面で、いよいよファウストはメフィストと契約を結ぶことになる。と同時に、どちらの目論見どおりに事態が進展していくかが両者の間で賭けられる。

メフィスト　私はここではあなたの言いなりになってお仕えすることにしましょう、

あなたの指図どおりに休みなく働くことを厭いはしません。
しかしまたあの世で会ったときには、
同じことを私にしてくれないといけませんぜ。

……

あなたは好きなようにするといいですよ。
契約しなさい。そうすれば、生きている限りは、
あなたは喜んで私の術を堪能できます。
人間がかつて見たこともないようなものをあなたにご覧にいれましょう。

ファウスト　たかが悪魔風情が何を見せようというのか？
高みを目指して努力する人間の精神が、
おまえらごときに理解されたためしがあるのか？

ここの賭けの場面での会話には、メフィストとファウストの意識のズレが見られる。メフィストは、自分が提供するもので、人間は絶対に満足すると確信している。ファウストもまたその例外ではないと。それに対して、ファウストは、悪魔風情が提供するもので、自分が満足するなんてことがありうるとおまえは思うのかと、絶対の自信をもっている。さらに、ここの「高みを目指して努力する人間の精神が、おまえらごときに理解されたためしがあるのか？」というファウストの言葉は重要である。この点にこそ、悪魔と自分を決定的に分かつ分岐点があるとフ

ァウストは確信している。まさにそこにこそ、ファウストのファウストたる所以があるのだというファウストの自信には微塵の揺るぎもない。したがって、ファウストは言う。

ファウスト　私が安楽椅子に寝そべってしまったら、
　私を好きなようにするがいい。
　私が満足するように
　おまえが巧みに騙しとおし、
　楽しみで私を欺きとおすことができれば、
　そのときは、私は終わりだ。
　……
　私がその瞬間にむかって、
　「止まれ、おまえは美しい（素晴らしい）」と言ったら、
　その時は私はおまえの鎖につながれよう。
　……
　私が静止してしまったら、その時、私は奴隷だ。

ファウストが、ここで「私がその瞬間にむかって、『止まれ、おまえは美しい』と言ったら」というのは、悪魔

風情が提供するものに自分が満足しきってしまったら、ということを意味している。あるいは、「静止したとき」とは、ファウストのファウストたる所以である「高みを目指して努力する（streben）」ことを放棄したときを意味する。ここでもまた、「天上の序曲」での主の「努力する」という言葉が繰り返される。「天上の序曲」において、主は、「人間は努力する限り、迷うものだ」と言って、努力するファウストに迷いは避けられないことを明言した。しかしまた、ファウストはその天分として努力する姿勢を失うことはないのだとも主は言っている。ここで主のファウストに対する信頼の念に対応するかのように、ファウストの自信には全くの揺るぎが無い。
ここで口にされるファウストの願望は壮大である。ファウストは言う。

陶酔と苦痛に満ちた快楽と、恋に身を焼く憎しみと
吐き気の出るような精神の活気に私は身を委ねたいのだ。
知ることへの衝動を断念したこの胸は
もはやいかなる苦痛も拒みはせぬ。
全人類に与えられた一切を
この胸のうちで体験し、
私の精神で人類の最高最深のものをつかみ、
人類の幸福と嘆きをこの胸に受けとめ、
そして私の自己を全人類の自己にまで拡大し、
人類もろともに、ついには砕け散ってしまいたいのだ。

この壮大なる願望、ファウスト的情熱を、R・Ch・ツィンマーマンはエントゥジアスティッシュな欲求と呼んでおられる。これは、言いかえれば、際限のない欲求であり、自分の自我を人類の自我にまで拡大せんとする欲求である。それは、人類の最高最深の幸福と苦悩を自分の胸に受けとめることを意味する。しかし、人間にそんなことは可能であろうか。ファウストは第一部の最後で、「自分は生まれてこなければよかった」と慟哭するではないか。しかし、この渇望は、それだけそれまでのファウストの人生が空疎であったことの裏返しであり、それは、自分の生が生きるに値しないというファウストの絶望の深さの反動である。人間、絶望すれば、何でもやってやろうではないかという気になってくる。

このような会話を二人が交わしているところへ、新入生の学生が、ファウストからこれからの大学での勉学のためのガイダンスを受けようとして、彼の研究室に訪ねてくる。しかし、この世の最高最深の知恵に到達できず、学問に絶望しているファウストにガイダンスを授ける気はなく、それは苦痛以外の何ものでもない。それを煩わしく思うファウストにとって代わって、メフィストがファウストに扮して、大学教授のガウンをはおり、いいかげんなガイダンスを学生に授ける。

しかし、このメフィストのいい加減なガイダンスによって、かえっていよいよ学生の頭は混乱の度を深める。ライプツィヒ大学での、学問によって啓発されるという経験をもてず、混迷を深めただけであったゲーテ自身の苦い体験がここでパロディー化されて描かれている。

こういった場面は主要な筋からははずれた柴田翔氏が言われるところの「脇場面」にあたり、ストーリーの展開から言えば、面白おかしく読み飛ばしていっていいところと言えようが、しかし、ここにも貴重な箴言《しんげん》、人生訓、ゲーテの英知の結晶とも言うべき言葉が随所に見られる。そのようなすばらしい箴言がメフィストの口を通して発せられる。

生きているものを認識し、それを記述しようとする者は、
まず精神を度外視してかかる。
たとえその時に部分を手に入れたとしても、
残念なことに、そこには精神的な靭帯となるものが欠けている。

あらゆる理論は灰色で、
生命の黄金の樹は緑だ。

こういった言葉によって、学問が不毛に陥りがちな陥穽《かんせい》（落とし穴）が揶揄されている。重箱の隅を突っついて、生きたものを捉えようとしない、部分部分だけの知識の集積にとどまって、それが全体との関連の中でどういう意味があるのかを配慮しない学問の有りようがここで批判されている。と同時に、逆に、生きた世界の豊かさが賛美されている。ゲーテらしい生きた世界への愛がここに豊かに吐露されている。

ライプツィヒのアウエルバッハの酒場

「契約しなさい。そうすれば、生きている限りは、あなたは喜んで私の術を堪能できます」という約束通り、メ

アウエルバッハ酒場の入口に立つファウストとメフィスト像

フィストは悪魔の術の面白さをファウストに堪能させるべく、まず手始めに、ファウストをゲーテもまた学生時代に足しげく通ったであろうライプツィヒのアウエルバッハの酒場に案内する。今、この店は『ファウスト』ゆかりの店として、立派なレストランになっているが、レストランの四方の壁面には今もファウスト伝説の絵が描かれ、入口には、ファウストとメフィストの像が立っている。

この店で、メフィストは、テーブルが酒樽になって無尽蔵に酒があふれ出すという術によって、客にただ酒をふるまう。最初はメフィストをうさんくさく見ていた客連中も、そのただ酒に大喜びしてそれをしこたまくらう。しかし、その酒はもちろん、魔術による幻覚で、やがて幻覚から覚めた客たちは悪魔にしてやられたことに気づき、あっけに取られる。

ここではもっぱら、民衆の生活の気楽さ、陽気さが面白おかしく描かれ、「これを見れば、人間がどんなに気楽に暮らせるものか、よくわかります」「これが民衆の自由というものです。ごらんなさい、じつに楽しそうじゃありませんか」とメフィストも言うように、ファウストが知らない民衆の陽気で快活な生活を、読者もまた面白おかしく読み飛ばしていけばよいかのごとくに見える。

しかしここには一つの重要なメッセージが込められていることをわれわれは見逃してはならない。ファウストはまず一度、真に精神を失った社会の中に組みこまれ、簡単に得られる成功で釣られなければならない。彼は愚かしい馬鹿どもが口をぽかんとあけて、混乱している様を見て、悪魔の持つ優越感をたっぷり味わうのに満足するようなことがあるかどうかが試される。しかしまもなくして、ファウストは辟易として言う、「行こう」と。「このメフィストの洗脳は失敗に帰する。徹頭徹尾精神的でないものは、大げさに言うならば、エントゥジアストには何の感興も引き起こさない。……ファウストのエントゥジアスムスは真正かつ本物であることをわれわれは確信すべきである」とR・Ch・ツィンマーマンは言っておられる。R・Ch・ツィンマーマンはファウストの精神を一貫して、エントゥジアスムスであると解釈しておられるが、このエントゥジアスムスとは、普通、熱狂主義と訳される。R・Ch・ツィンマーマンは、そのエントゥジアスムスを「完全なるものと無限なるものによる自己充填、神的なものとの一体化の中での自己放下を希求する躍動的で熱狂的な感情」と規定しておられる。神的な無限の恍惚・充実を追い求めるこのファウストの無制約な情熱は、悪魔のおよび知らぬものであることがここで確認されなければならない。もう一度、われわれは前のファウストとメフィストの契約の場面での両者の意識のズレを思い起こしてみよう。

メフィスト　契約しなさい。そうすれば、生きている限りは、
あなたは喜んで私の術を堪能できます。
人間がかつて見たこともないようなものをあなたにご覧にいれましょう。

ファウスト　たかが悪魔風情が何を見せようというのか？
高みを目指して努力する人間の精神が、
おまえらごときに理解されたためしがあるのか？

悪魔風情が提供するものでは、ファウストは全く乗ってこないということを、メフィストは所詮、ファウストのエントゥジアスムスの精神、つまり、「高みを目ざして努力する」精神を理解しえないということを、ファウストの世界行の最初の場面である「アウエルバッハの酒場」においてすでに、われわれははっきりと知らしめられる。

魔女の厨

メフィストによって案内された魔女の厨《くりや》（台所）において、ファウストは魔女が調合した若返りの薬を受け取る。この薬を飲めば、

まもなく体の中がうずいてきて、
愛の神が飛び跳ねるのが分りますよ。
……
これを飲めば、どの女も
まもなくヘレナに見えてきます。

とメフィストは言う。

錬金術師は金のような貴金属をを生み出すと共に、不老不死の薬を調合することも目ざした。そして、それを民衆は一種の魔術と見なした。もちろん金のような貴金属を錬金術によって生み出すことはできなかったわけだが、不老不死の薬も人類の叶わぬ夢であった。しかし、不死の薬を生み出すことはできなかったとは言え、不老の薬を

生み出すための試みは古今東西、繰り返しなされてきた。不老、若返りの薬はまた媚薬の効果があり、この薬を飲むことで、幻覚によって心身が若返り、女性はより魅力的に美しく、よりセクシーに見えてくる。歴史的には、不老の薬もまた生み出されることはなかったが、媚薬の薬がそれに取って代わってきたと言えるだろう。ＬＳＤ（覚せい剤）の類いもまたその一種であろう。心身のエネルギーが枯渇するとき、人はそういう薬を飲むことで、幻覚症状を引き起こし、創造の意欲をかきたて、性欲を亢進してきた。この不老、若返りの薬もまたファウストに媚薬の効果（性欲の亢進）を引き起こし、どの女性も魅惑的に見えるようになる。ましてや美しい女性はいっそう魅惑的に見えた。

そういう状態において、ファウストは街へ出、そこでマルガレーテ（グレートヒェン）に出会う。一目で、ファウストはグレートヒェンに魅惑される。

グレートヒェンとはマルガレーテ（Margarete）の愛称であり、マルガレーテの語尾に、「小さい」「可愛い」という意味のヒェン（-chen）がついて、それが縮まって、グレートヒェンと呼ばれた。

街

早速、ファウストはグレートヒェンに声をかけ、今で言うところのナンパをする。もちろんすげなく断られる。しかし、未練絶ちがたく、ファウストは言う。

ファウスト　しかしもうかれこれ一四歳は過ぎているだろう。

メフィスト　いやはやもう、立派な女たらしの話しようだ。

『ファウスト』の挿絵　1

当時、一四歳未満は大人とは見なされていなかった。それ以前の年齢での性的交渉は禁じられていたが、こういうことをぬけぬけと言うことは、ファウストがグレートヒェンにいきなりそういう関心をもったことを意味する。そのファウストの言いぐさを聞いて、メフィストは今、自分と同次元に成り下がったファウストを見て快哉を叫ぶ。

もうすっかりフランス人のような口のききようだ。
だけど、気を悪くしないで下さいよ。
そんなに急いで賞味してどうするのです。
はじめは上へ持ち上げ、ぐるぐる回し、
あれこれためしてみて
人形のように捏ねくりまわして作る方が
楽しみも、ずっと大きいというものです。
よく南の方の国の小説に書いてあるじゃないですか。

これは、好色な人間のセリフそのものであり、精神性を欠くとき、人間は悪魔と同次元に落ちる。悪魔、メフィストは女性を人格的に見ることを一切しない。ファウストもまた、その影響を受けて、同じ状態に陥っている。

「フランス人のように」、「南の国の小説のように」という発言は、ドイツ人のフランス人、南国のイタリア人に対する複雑な感情（コンプレクス）が垣間見えて面白い。

夕

街で、ナンパをされて、家に戻って来たマルガレーテは、ファウストの態度を不躾だと憤慨し、自分が軽い女に見られたのではないかと、いったんは自分のことを危ぶんで見せる。しかし妙に、ファウストのことが忘れられない。

あの方はたしかに立派な方に見えたわ。
それにいいおうちの出の方に違いない。
あの方の額を見ればそれがわかる。
そうでないとあんなに無遠慮な態度はとれないもの。

突然、ナンパしてきた不躾な男に、どうしてグレートヒェンはこんな感情をもつのか。すでに、出会いの瞬間において、彼女はファウストへの愛を感じる。そして、彼女が自分の部屋から出ていった後、その部屋にさらに不躾にも、ストーカーさながらにファウストが彼女の部屋に忍び込んでくる。しかし、一瞬にして、ファウストは自分の行為を恥じる。彼女の部屋に満ちたグレートヒェンの精神の穢れのなさ、精神の高貴さを直感して、ファウストにはグレートヒェンに対する純情が芽生える。すなわち、愛が芽生える。

この貧しさの中になんという豊かさが！
この小さな部屋になんという至福があることだろう！

女性のつつましさの中に、ゲーテは常に女性の聖なる資質を見ていたが、ファウストもまたそうであった。このグレートヒェンのもつ乏しさ、貧しさの中に、逆にファウストは彼女の精神の豊かさを直観する。グレートヒェンの中に「ひとりの天使」「神々しい姿」をすら直観する。この女性の神聖化こそが愛の証しである。
メフィストにつられて、単に好色な人間に堕していた自分を恥ずかしいとファウストは思う。この自分に対する卑下もまた愛の証しであろう。自分に対する卑下、相手に対する敬愛、これが愛の始まりであろう。それがなければ、その感情は単なる性欲、好色に過ぎない。自分を卑下して、ファウストは言う。

ところで、ファウストよ！　どうしておまえはこんなところに来たのだ？
どんなに私は心から感動していることだろう！
おまえはここで何をしようとしているのだ？　おまえの心はなぜこうも重くなる？
哀れなファウストよ！　私はもう自分というものがわからない。
ここには魔法のもやが立ちこめているのか？
おれはここによからぬことをくわだてて入ってきたのではないのか。
そのあげくに私は愛の夢の中で溶けて流れてしまいそうだ！
われわれの心は気圧の変化次第なのか？
そして、この瞬間に彼女が入ってきたら

おまえはこの恥ずべき行為をどう釈明しようというのか。
ああ、この大それた男である私のなんというちっぽけさ！
彼女の足元で今にも溶けて流れてしまいそうだ。

ファウストがメフィストと共に宝石箱をマルガレーテの部屋に置いて部屋を去った後、マルガレーテが再び部屋に戻って来る。

マルガレーテ　（ランプを持って）
ここは何か蒸し暑くて、むっとするいやなにおい。
（窓を開ける）
外はそんなに暑くないのに。
こんな風に感じるのは、どうしてかしら。
お母さんが早く帰ってきてくれればいいのに。
なにか体がぞくぞくする。

彼女がこう感じたのは、何故か？　それは、メフィストの残していったマルガレーテにとっての異質なものが部屋に立ち込めていたためと見るべきであろう。そして、それに彼女はゾッとし、不安な感情にかられる。その不安の感情の中で、彼女は、シューベルトによって作曲されたかの有名な「トゥーレの王」の詩を歌う。この歌はマルガレーテの心象風景を現わすものであり、この純愛をテーマとする歌を歌いつつ、そしてそこに歌われる理想的な愛の成就を願いながら、その願望はかなわぬことであるやも知れぬという不安がすでにグレートヒェンのこの歌の中に垣間見える。ファウストとの出会いの瞬間からすでに、グレートヒェンはその恋の行く末に悲しい運命を予感しているかのようである。それが、この歌に流れる悲しい調べにつながっている。

さらに、誰が置いていったかわからない宝石箱を見つけて、マルガレーテはさらに不安を覚える。

散　歩

散歩の道すがら、ファウストとメフィストが語り合う話の内容から、母親がマルガレーテの部屋に置かれてあった宝石箱の胡散臭さをかぎつけて、教会へ寄進してしまったことがわかる。メフィストはグレートヒェンの母親が信心深いこと、胡散臭いものをかぎつける嗅覚の鋭いことを愚痴るが、こういった言葉から、マルガレーテの家庭環境の健全さが窺われる。同時に、次のようなメフィストのセリフに、当時の一般庶民の信心深さ、庶民の信仰心の健全さに比して、当時の教会がいかに世俗化し、堕落していたか、そして、ファウストの教会の世俗化に対する批判を通して、ゲーテが教会に対してどういう意識をもっていたかが窺われる。

母親が宝石箱を見つけてしまいましてね。
すぐにそれとなく何か気味の悪いものを感じたみたいです。
あの女はとにかく嗅覚がすぐれていて、

いつでも祈祷書を嗅ぎまわっているような女ですから。
それで、家にある家具という家具に、
それが神聖なものかそうでないものかを嗅ぎつけるのです。
この宝石箱にも、何か祝福されないものがあることに
すぐに感づいてしまいました。

……

母親はさっそく坊主を呼び寄せましてね。
しかし坊主ときたら、ろくすっぽ彼女の話も聞かずに、
もうよだれをたらして言うしまつです。
「それは殊勝なお心がけだ。
自分の心にうち勝てる人だけが、またご利益にもあずかるものです。
教会は大きな胃袋を持っていましてな、
これまでも国という国を食らい込んで、
それでも腹を下すということはなかったんですから。
ご奇特な方、教会だけですよ、
よからぬものでも消化できるのは」

そして、ファウストは、改めて装飾品をマルガレーテに贈るように、メフィストに指示する。

隣の女の家

メフィストは、マルガレーテの隣の女、マルテにまず接近して、それからファウストをグレートヒェンに接近させるきっかけをつくろうとする。メフィストは長く家を出っぱなしのマルテの夫の友人を装い、彼が死亡したという嘘の報告をマルテのもとにもって来る。しかし、それを確かな証言とするためには、当時の法律では、二人の証言が必要であったということで、メフィストは後でもう一人の証人を連れてくるという口実を作り、それによって、ファウストをまずマルテに近づけ、同時に、グレートヒェンとも接近させるきっかけをつくろうとする。

その死亡報告の際に、メフィストは打算的で浮気な性分のマルテを悪魔らしくからかう。期待をそそるような、そして、亭主のしおらしい、女房に絶えず気をかけていたかのような報告と、それを打ち消すような報告を繰り返すことで、マルテの気持ちを弄んで楽しむ。この二人の会話を通して、マルテという女の蓮っ葉かげん、打算的な性格があぶりだされる。しかし、同時に、亭主の殊勝な言葉を聞かせたりすると、亭主もまんざら悪い男ではなかったとか、哀れむところなんぞは、マルテの人の良さも示す。案の定、マルテは正式の死亡報告書を望む。そして、その正式の死亡報告書を求める彼女の言葉の端々から、それさえあれば、大手を振って、他の男と関係をもつことができるのに、という彼女の期待、女としての欲望が垣間見える。

このようにして、メフィストは、もう一人の証人として、ファウストを連れてくることを約束する。

街

証人として、ファウストが偽証しなければならないことをメフィストはファウストに告げる。しかし、ファウストは偽証などできないと固辞する。

そこで、メフィストは、あなたはこれまで大学の講義で臆面もなく、神や世界について、形而上学的な問題について偽証してこなかったのかと問いかけ、メフィストはファウストをやり込める。ここに鋭いメフィストの慧眼ぶりが見て取れる。ついでに、グレートヒェンへの思いもからかわれて、あなたは「神かけて愛するのなんのと出まかせの誓いを立てる」ではないですか、それでもあなたは偽証できないと言うのですかとファウストはメフィストに突っ込まれる。

ここでは、メフィストは徹底したリアリストである。メフィストの発言の鋭さの背後には、メフィストの冷徹に人を見通す眼がある。『ファウスト』全編のもつ面白さの一つはこのメフィストの発言に負うところが多い。人間には、甘い眼ばかりではなく、時には、ものを冷徹に否定的に見抜く眼も必要であろうが、メフィストは一貫してそれに終始する。そして、ファウストがグレートヒェンを結局は捨てることをメフィストは見通している。しかし、ファウストはそれを否定し、そして誓って言う。いや、そんなことはない、自分のグレートヒェンに対する愛は永遠だと。しかし、むきになればなるほど、ファウストの言葉はおぼつかない。

庭

メフィストの目論見が功を奏し、ファウストはグレートヒェンと交際するきっかけをつかみ、ファウストとグレートヒェン、メフィストとマルテの二組の男女がマルテの家の庭を行きつ戻りつしながらデートをする。

グレートヒェンは、ファウストに比べて、自分は何の値打ちもない世間知らずであることを卑下する。しかし、そういう謙虚で控えめなところに、ファウストは彼女の至純な魂を見ている。

物分りがいいということは、
おうおうにして、自惚れであり、浅はかさなのです。

ああ、単純さと無垢な心はそもそも
自分自身の聖なる価値を知らないのです。
謙虚さとへりくだりの心こそが
恵み豊かな自然が与えてくれた最高の贈り物なのに。

マルガレーテは、小さな家、小さな世界の中でつつましく、幸福に暮らしてきたこれまでの自分の生活をいろいろと物語る。これは、『詩と真実』の中で書かれていたフリーデリケ・ブリオンのことを想起させる。彼女もまた、ゲーテに自分の身のまわりの小さな世界について喜びをもって語って聞かせたという。このゲーテとフリーデリケ、そして、ここではファウストとグレートヒェンの生活空間の相違が、それぞれ、両者を悲劇へといざなっていく。
ここでマルガレーテは、最初の出会いに触れて、街でナンパされたことに対して、自分が軽い女に見えたのではないかと自分自身に腹が立ったこと、しかし、ファウストに対しては、怒りきれないものが残ったこと、一目見たときから、ファウストを「いい方だ」と直感したことを打ち明ける。つまり、一目ぼれしたことを打ち明ける。

白状してしまいますわ、あとで考えてみますと、
わたし、あなたをいい方だと思う気持がしはじめていましたのね。
でもあのときわたし、ほんとうに、自分で自分に怒っていましたの、
なぜあなたにもっと怒ってさしあげなかったのかしらって。

一方、マルテとメフィストのカップルは、後家として自由になったマルテがなんとかメフィストを引っ掛けようとするが、メフィストは、メフィストらしく、それをのらりくらりと巧みにかわす。このあたり、悪魔の本性がよく現れて、愉快な場面である。

庭の中の小屋

そのデートの最後に、ファウストとグレートヒェンは庭の中の小屋に駆け込み、ひしと抱き合って接吻をかわす。別れた後、グレートヒェンはつぶやく。

ああ、ああいうお方は
何でも知っていらっしゃるんだわ！
あの人の前では恥ずかしくてたまらない。
どんなことでも、あの人には、はい、はいと言うだけで、
私はまるで何も知らないねんねえだもの。
こんな私をあの方はどう思っていらっしゃるのかしら。

ここでも、謙虚さの中にグレートヒェンの至純な魂が見てとれる。

愛の陶酔の余韻の中で、ファウストは、森の洞窟に引きこもり、すでに、自分が求めていたものが授けられたことを自然の大元の霊とも言うべき地霊に感謝する。

森と洞窟

偉大なる霊よ、おまえは私が望んだ
一切のものを私に授けてくれた。おまえは無駄に炎の中で
おまえの顔を私に振り向けたのではなかった。
壮麗な自然を王国として私に与え、
それを感じ、味わう力を授けてくれた。
それに向かい、冷ややかに見て驚愕するだけでなく
自然の懐深く入りこむことを許してくれた。

地霊についてはすでに触れてきたが、もう一度確認すれば、それはあらゆる生命がそこから生まれ、滅亡へと追いやられる生命の根源であった。それは創造と破壊、誕生と墓、生産と滅亡の源であった。書斎の中では届きえなかった生命の根源に、ファウストは、グレートヒェンとの愛を通して触れることができた。いま、地霊はファウストが求めるものを惜しみなく与えてくれた。ファウストは生命の高揚を体験した。しかし、それはやがて避け難く収縮の時を迎える。それが地霊に固有の生命のリズムである。かくて、ファウストのグレートヒェンへの愛もまた

収縮の時を迎える。しかも、ファウストの精神にはそれを冷ややかに見据えるメフィストが介在している。恋人のもとから遠く離れて洞窟に引きこもるファウストを見て、彼の愛の収縮を見抜き、メフィストは言う。

メフィスト　雪解け水が川に溢れるように
最初はあなたの愛も激流となって溢れ、
彼女の心にそそぎこみました。
今は、あなたのその川もまた浅い流れになったのですね。
……
一体どうしたことでしょう？　あなたが逃げ出したと彼女は思っている、
実際、半分逃げ出しているんだから。

すでに、愛の高揚感が失せて、ファウストには、欲望だけがもたげてくる。それを見て取るメフィストはファウストを挑発する。

メフィスト　私には分らないが、昂然として何かを味わうかと思うと、
すぐに愛の感激に酔いしれて万有に浸り、
地上の子らの面影は失せて、
それから高い直観がどうのこうのと言って――

（卑猥なそぶりを見せながら）

その挙句は、なんと言ったらいいか、まあこれでさあ。

ファウスト　畜生め！

と言いながら、ファウストはメフィストの慧眼を認めざるをえない。

ファウスト　人間には完全というものがないことが、

今にしてわかる。神々にもかくやあらんと思われる

この歓喜に添えて、

私に、なしでは済まされない道連れをおまえ（地霊）はよこした。

冷たく卑劣な、私の目から見て自分が卑しく貶められるあの道連れを。

あいつの一言で、せっかくのおまえの賜物が台無しになり、

あいつは、私の胸の中に、あの甘美な面影へと

これでもかこれでもかと野卑な炎をかきたる。

このようにして、私は欲望から享楽へとよろめき、

その享楽の中で、欲望に激しく胸を焦がす。

……

メフィストは、このようにファウストの心がすでにグレートヒェンへの愛から遠ざかりつつあることを、すでに欲情しかないことを見抜き、さらに挑発する。

メフィスト　いやー、だんな！　バラに隠れたあの双子の小鹿を思うと、
　私も妬けてきますよ。

ファウスト　とっとと失せろ、この取り持ち野郎め！

ファウストもまた内心でメフィストの言うことを認め、やがてはグレートヒェンのもとから立ち去らざるをえない運命が自分を待ちうけていることを、今、まざまざと感じる。

ファウストはすでに、次のセリフにおいて、二人の運命について過去形で語っている。

ファウスト　彼女の胸に抱かれて私はあたたまっていたい、
　しかし、私は彼女の難儀を感じないではおれないのではないか？
　私は**逃亡者**ではないか？　**宿無し**ではないか？
　目当ても安らぎもない人でなしではないか？
　滝水のように岩から岩へと轟き
　欲望に狂って奈落へ落ちて行くのではないか？
　ところが、彼女はどうだ。あどけない心で
　アルプスの野の小家に住んで。

すべての日々の営みは
小さな世界に限られている
そして、神に見捨てられたこの私は
岩をつかんで
それをこなごなに砕くだけでは満足せず、
彼女を、彼女の平和を葬り去ってしまったのだ！
地獄よ、この犠牲が必要というなら、
悪魔が手を貸して、この不安な時を短くするがいい。
起こらなければならないのなら、さっさと起これ！
彼女の運命が私の上に砕け散って
私もろともに彼女が滅びようとも！

ファウストは、自分自身をここで「逃亡者（der Flüchtling）」「宿無し（der Unbehauste）」「人でなし（Unmensch）」と呼んでいる。それに対して、グレートヒェンは「アルプスの緑の野の小家」「家のなかの小さな世界」に平穏に、つつましく日々の生活を営んでいる。そして、行きずりの「逃亡者」とも言うべきファウストが「小さな世界」の中で明け暮れしているこのグレートヒェンを襲い、彼女の生活をこなごなに打ち砕き、破滅へと追いやらざるをえないことを、今、ファウストはまざまざと実感する。二人の生活空間の相違がいよいよ二人の運命を破滅へと追い込んでいく。

グレートヒェンの部屋

ここで歌われる歌もまた、いわゆる、シューベルトが作曲した「グレートヒェンの歌」の一つで、その曲は「糸を紡ぐグレートヒェン（Gretchen am Spinnrade）」と題されている。森の洞窟に引きこもってしまったファウストを思い、グレートヒェンは、不安のうちに一人、糸車を引きながら、悶々としたやるせない思いに沈んでいる。

わが安らぎは去りぬ、
わが心は重く、
安らぎはなし、
すでになし。

有頂天な恋の喜びは失せ、恋の苦しみが強くグレートヒェンの胸を押しつぶす。最後に、

そして思いのたけの
くちづけを、
そのくちづけに
たとえ命果てるとも！

という思いにまで高まっていく。その恋の終局は近い。

グレートヒェンのこの歌を読むとき、ふと私は、島崎藤村の詩集、『若菜集』の中の「おきく」の詩の一節を思

い出す。

こひするなかれ
をとめごよ
かなしむなかれ
わがともよ

こひするときと
かなしみと
いずれかながき
いずれみじかき

マルテの庭

再び、ファウストとグレートヒェンは、マルテの家の庭で、逢瀬を重ねるが、すでにファウストの情熱の収縮をうすうす感じ取るグレートヒェンは宗教問答をもちかけ、ファウストに信仰心の有無を確かめる。

マルガレーテ　ねえ、おっしゃって。あなたは信仰のことをどうお考えなの？
あなたはほんとうにいい人よ。
だけど、あなたは信仰のことを大事に思っていらっしゃらないような気がするの。

ファウスト　よそうよ。グレートヒェン、君を大事に思っていることはわかっているじゃないか。
愛する人のためには、私は血をも肉をも惜しみはしない。
信心や教会のことで、私は人にどうこうするつもりはない。
マルガレーテ　それではいけないの。お信じにならなければ。
ファウスト　信じなければならないって？
マルガレーテ　ああ、あなたのために何かできるといいんだけれど！　それに、あなたは秘蹟も敬っていらっしゃらない。
ファウスト　敬っているとも。
マルガレーテ　でも心の底からではないわ。ミサにも、懺悔にもながく行っていらっしゃらないですもの。
神様のことをお信じになって？

なぜ、ここで改めてグレートヒェンはファウストに信仰心の有無を確かめるのか？　このグレートヒェンの宗教問答をもちかけた真意について、ファウストとメフィストは次のように解釈する。

メフィスト　男が信心深くて、昔からの習慣を有り難がるかどうか、
女っていうのは、ひどく気にするものです。
もしそうなら、自分の思いどおりになると思ってね。
ファウスト　外道にわかるものか。
この誠実で愛すべき心が

幸せのよりどころの
信仰の思いに溢れて
いとしい人が取り返しのつかないことにならないかと
心から案じて苦しんでいるのだ。

ここでは、メフィストとファウストがそれぞれの立場で、グレートヒェンの気持ちを解釈している。メフィストはメフィストらしく、意地悪に、皮肉に。そして、ファウストは恋人として恋人らしく、相手の気持ちを過剰に甘く斟酌している。しかし、いずれの解釈も適切ではない。メフィストの解釈は、いかにも悪魔らしく軽薄で、問題にするには足らない。宗教に頭を下げる男なら、自分にも言いなりになるはずだというような浅はかな思いから、グレートヒェンはファウストのことを案じているのではない。しかし、ファウストの解釈もまた恋人のそれらしく甘すぎる。グレートヒェンはファウストのことを思いやって案じているのではない。グレートヒェンには信仰の有無が自分の運命に深くかかわっていると思わざるをえない。グレートヒェンは、何故自分がそう問うのかが決して分ってはいない。しかし、問わざるをえない。

グレートヒェンには、自分の思い通りにならないような（つまり、自分にいつまでも誠実であってくれないような）恐ろしいものがファウストの心にあるのではないかと危惧し、それを予感している。そしてそれが一体何であるのか、はっきりとはわからぬままに、それが自分を捨てていく原因となりうることを、恐れ、案じている。そのグレートヒェンの問いの意味するところはいかなるものであろうか。

神を信じているかどうか、信仰心をもっているかどうかという、そのグレートヒェンの問いに対して、ファウストは、精一杯、自分なりに神についての思いを披瀝する。

ファウスト　誰がその名を呼ぶことができよう？
誰が「それを信じている」と
言うことができよう？
その存在を身近に感じながら
あえて「それを信じない」などと
誰が言うことができよう？
すべてを抱くもの、
すべてを受け取るもの
それは、君をも私をも自分自身をも
抱きとってはいないだろうか？

……

永遠にひそやかに、それは見えずとも
おまえのまわりに漂ってはいないだろうか？
おまえの心をそれで思うがままに満たし、
全感情が至福に満たされたとき、

それを、幸、心、愛、神
何とでも望むがままに呼ぶがよい。
私はそれを呼ぶべき名を知らぬ。
感情こそが一切だ。
名は響き、煙、
天の灼熱を覆う霞だ。

この信仰告白は、疾風怒濤期ゲーテの汎神論的な心情をよく現わしている素晴らしいものではあるが、しかし、グレートヒェンはそこに異質なものを感じざるをえない。グレートヒェンは言う。

マルガレーテ　それはそれで美しくて、結構なように聞こえます。
でも牧師さまはどこか少し
違ったおっしゃり方をなさいますわ。

ファウストの信仰告白には、どこかグレートヒェンの単純な信仰とは異質なものがある。ファウストの内面には何か恐ろしいものがある。それは何であろうか？　それは、キリスト教への信仰心の無さか？　ファウストは確かにキリスト教を信じていると言うことはできないが、それがどうして、グレートヒェンを捨てる原因となるのか？　ファウストの内面の中には、キリスト教への信仰の有無とは関係のない深い絶望感、懐疑がある。その絶望感がキリスト教への信仰の無さから来ているのではないかとグレートヒェンには思える。グレートヒェンはそれを危惧し、信仰心さえ取り戻せば何とかなると考え、したがって、信仰心をお持ちにならなければとファウストに懇願する。しかし、ファウストの絶望感、懐疑はキリスト教への懐疑から来ているのではないことをわれわれは想起しなければならない。ドラマの出発点そのものが、ファウストの人生への懐疑、絶望感から始まっていたことをわれわれは想起すべきである。勿論、キリスト教への信仰を従順に受け入れているのであれば、人生への懐疑はありえない。しかし、ファウストは、キリスト教の権威が絶対であった中世の時代の人間ではなくて、そういう権威にすがらず、自らの力でこの世界を究め尽くしたいという近代的自我の持ち主である。そしてそれができないが故に彼は絶望したのである。「この世界を奥の奥で統べているもの」とは何かを究めきれないことから来る人生への懐疑、それを知ることができない、掴まえることができない、というファウストの絶望感からこのドラマが始まっていたことをわれわれは忘れてはならない。

グレートヒェンが危惧するファウストの内面にある恐ろしいものとは、この懐疑、絶望感に端を発する。そして、それはメフィストを道連れとしていることに連動している。「森と洞窟」の場面で、メフィストを道連れとしていることがグレートヒェンを破滅に追いやることをファウストははっきりと自覚していた。**絶望と共に、メフィストが登場したのであって、絶望が人の心にメフィストを引き寄せる。**

ファウストにメフィストが連動していることがグレートヒェンを恐れさせ、それがグレートヒェンを遂には破滅へと追いやることをグレートヒェンはうすうす感づいている。したがって、グレートヒェンは言う。

マルガレーテ　私、まえまえから、
　あなたがあの方をお連れしているのがどうにも嫌なのです。

……

あなたがお連れしている方、あの方が、私、心から嫌なのです。
私、生まれてこのかた
あの方のどうにも不愉快なお顔を見るほかには
心がかきむしられるような思いを
したことがありません。

……

あの人がおられると、私の胸が騒ぎます。
私、いつもは人のことを悪く思ったりしたことはございません。
だけど、あの方にお目にかかろうものなら、
私、心の底でぞっとするのです。

……

あのような人と一緒に生活するなんて考えられない！
あの人がドアのところに入ってくると、
あの人はいつも人を馬鹿にしているような、

半分、怒っているような、
どんなことにも思いやりをもつことが無いというような顔をしていらっしゃる。
どんな人も愛せないということがお顔に書いてありますわ。
あなたの腕に抱かれていると、私は心から楽しい。
だけど、あの人がいると、あたたかい気持が失せて、
胸がきゅっと締めつけられるような気になります。

……

あの人が現れようものなら、
私、あなたをさえ愛せなくなるような気がします。
ああ、あの人がいると、お祈りさえできなくなります。
それが私にはどうにも辛いのです。

ファウストがメフィストを道連れにしているということは、ファウストの内面にメフィストが巣食うていることを意味している。自分と異質なものに敏感なグレートヒェンはメフィストを評して言う。メフィストは、「いつも人を馬鹿にしている」ような顔つきをしている、「半分、怒っている」、「どんなことにも思いやりをもつことが無い」、「どんな人も愛せない」と。このようなメフィストの反感的な心情とはまた、否定的な心情であり、かかる心情はすべて絶望から発する。反社会的犯罪、悪魔的な犯罪はすべて、こういう絶望から、そしてそこから生まれる

人への、社会への怒り、憎しみ、復讐心から発していることはすでに述べたとおりである。かかる心情は人を憎みこそすれ、人を愛することはできない。それをグレートヒェンは鋭く見通す。それを敏感に感じ取るのは、グレートヒェンが徹底して、同感的であるからであり、肯定的な心情の持ち主であるからにほかならない。それでは、ファウストはどうか。ファウストはどこまでも二面的である。同感的であると同時に、反感的であり、反感的であると同時に、同感的である。ファウストの中にある絶望から発する反感的なものが、グレートヒェンを恐れさせ、ファウストの同感的なところに、グレートヒェンは心を寄せるのである。

「あなたの腕に抱かれていると、私は心から楽しい。だけど、あの人がいると、あたたかい気持が失せて、胸がきゅっと締めつけられるような気になります。……あの人が現れようものなら、私、あなたをさえ愛せなくなるような気がします」とグレートヒェンが言わざるをえないようなものがファウストの中にはある。この言葉はグレートヒェンのファウストの二面性に対する戸惑いを表している。そして、それは常にファウストに随伴しているメフィストの存在と深く連動している。メフィストの心の底にある絶望からくる怒りは人をして、自分自身の心をも、他人の心をも冷え冷えとさせ、愛から人を遠ざけてしまう。グレートヒェンのように愛の豊かな人をもそうさせてしまう力が悪魔にはある。

この場面の終わりで、深夜、グレートヒェンの部屋で彼女と逢引するために、ファウストは母親に睡眠薬を飲ませることをグレートヒェンに承諾させる。ところが、結果的にはそれがもとで、彼女は母親を死なせてしまう。

グレートヒェンは言う。

マルガレーテ　私はあなたのために余りにたくさんのことをしてさしあげて、

　　　　私にはもう何も残っていないような気がします。

グレートヒェンが退場した後、メフィストが登場してファウストに耳うちする。

メフィスト　いよいよ、今晩ですね？

ファウスト　余計なお世話だ。

そして、二人は愛の最終局面を迎える。このようにして、二人は肉体的に結ばれ、グレートヒェンは妊娠する。

井戸のほとり

一八世紀後半のドイツでは、結婚前に子供を身ごもってしまうことは、世間的な笑い者になってしまうことであった。ましてや結婚にまでいたらずに、子供を宿してしまうことは、女性として何よりの恥辱であり、それによってその女性は世間的には抹殺され、一生、日陰の身で生きていかざるをえず、世間的な幸福は一切失われるのに等しかった。この時代、結婚と恋は別という現代の風潮とは大きな隔たりがあった。そういう社会の中で、グレートヒェンは結婚せぬ段階で子供を身ごもってしまう。恥ずべき行為を犯したと見なされていた知り合いの女性の噂ばなしを、今、同じ身の上になっていたグレートヒェンは、もはや他人事として聞くことができない。

リースヘン　ねえ、バーバラのことを聞いた？

……

あの人、とうとうできてしまったんだって。

彼女、今では飲み食いするのも二人前だって。

……

以前は、自分は人を「笑いもの」にする噂ばなしに参加することができたのに、今はそれができない。むしろ、自分の行く末をまざまざと目の当たりにする思いがする。

グレートヒェン　(家に帰りながら)以前は、哀れな娘《こ》がなにかをしでかそうものなら、憚ることなく悪く言えたものだわ。

他人《ひと》の罪はどんなにはやしたてても、

言い足りることがなくて

非が見えれば、その非をもっと上塗りして、

それでもまだ十分ではないように思われた。

それで自分は違うんだといい気になっていたんだわ。

その自分が、今は、同じ罪に怯えてる。

しかし、それにもかかわらず、グレートヒェンは後悔することがない。付け加えてグレートヒェンは言う。

グレートヒェン　けれど――そうなるまでの道筋は、

ああ神さま、なんとよかったことだろう。うれしかったことだろう。

市壁の内側に沿った小路

このマリア像へのグレートヒェンの祈りの歌もまた、「グレートヒェンの歌」の一つで、「グレートヒェンの願い」というタイトルで、シューベルトによって、作曲されている。救われるすべのない悲しみを、慟哭のかぎりをグレートヒェンは冷たく堅い石でできたマリア像にぶつける以外にはない。

夜

グレートヒェンの兄、ヴァレンティンがここで登場する。以前は、彼は妹のグレートヒェンを何よりも誇りにし、グレートヒェンを「女性の飾り」と周りの人が褒め称えるのに喜んで耳を傾けていたが、今は世間の笑い者のネタにされてしまうグレートヒェンのことで、やり切れぬ思いを抱きつつ、彼女の家まで帰ってくる。しかし、その家の前で、ファウストとメフィストがうろうろしているのを見つけ、ヴァレンティンはファウストに斬りかかる。しかし、メフィストが背後についているファウストを彼はやっつけることができず、逆にファウストに斬りつけられ、死に絶えてしまう。その死の直前に、そこに駆けつけたグレートヒェンに向かって、ヴァレンティンはありたけの最後の罵倒を浴びせる。

今、おまえは売女になり下がったんだ。
……

『ファウスト』の挿絵　2

はじめは一人からこっそり始め
やがて何人かを相手にする。
それが、いつしか十《とお》を越え、
そのうち、町中が相手だ。

……

もうまざまざとその時が見えるようだ。
堅気の町の衆は
疫病から出た死人を避けるように
売女のおまえを避けて通るのだ。

このヴァレンティンの言葉は、世間的に抹殺された形でしか、あるいは身を売る形でしか生きていくことができないグレートヒェンの将来をまざまざと描き出している。

聖　堂

聖堂の中で、ミサを受けているグレートヒェンに、悪霊が徹底的にグレートヒェンの魂を責めさいなみ、それに耐え切れず、グレートヒェンは失神する。このグレートヒェンを責めさいなむ霊を翻訳の名手であられる手塚富雄氏は「呵責の霊」と訳しておられるが、このドイツ語の ein böser Geist には、全く「呵責の霊」といった意味は無い。忠実に「悪霊」と訳すべきであろうと私は考える。

他に、岩波文庫の相良守峯訳、最新の訳では、ゲーテ生誕二五〇周年を記念して出版された柴田翔訳で、いずれも訳者はこの「悪霊」をあえて「呵責の霊」と訳しておられるが、これはどういうことであろうか。因みに、やはりゲーテ生誕二五〇周年を記念して出版された小西悟訳、池内紀訳の二つの翻訳書では、忠実に「悪霊」と翻訳されている。

この霊をあえて「呵責の霊」と訳しているのは、翻訳者にそれなりの解釈があると見るべきであろう。良心の代弁者とも言うべきこの呵責の霊が悪霊であるはずはないとの考えからであろうと思われる。しかし、この良心の代弁者とも見えるこの霊を「悪霊」と呼ぶゲーテには深い思慮があったと私は考える。にもかかわらず、これを「呵責の霊」と訳すのは、訳者の越権行為であって、ここは忠実に「悪霊」と訳し、その上で、この良心を責めさいなむ霊を「悪霊」と呼ぶゲーテの真意をむしろ推し量るべきであろう。

行った行為を反省することはつねに必要であるが、しかし、**人の犯した行為を過剰に責めさいなむことは、人の改心、立ち直りをむしろ阻害するものであって、それはむしろ人を徹底的に破滅に追いやる悪魔の意図に通じるもの**があるとの見解が、ゲーテにはあったのではなかろうかと私は考える。慰めを必要とする時点では、むしろ人には「罪の許し」が必要であろう。それこそがキリスト教の要諦ではないだろうか。このグレートヒェンを責めさいなむ霊の声にはどこかしら悪魔の声が重なって聞こえないだろうか。十分に苦しんでいる、むしろ慰めを必要とするグレートヒェンに追い討ちをかけるこの霊の声の主を「悪霊」と呼んだゲーテには、この霊を否定する彼なりの意図があったと思われる。こういう見解の中にこそむしろ、「努めて前進して止まない」ゲーテの前向きな精神を看取して、私はそれを積極的に評価したい。

ブロッケン山の悪魔の説教壇と魔女の祭壇

この悪霊のグレートヒェンを責めさいなむ声から、読者は、母親が睡眠薬によって命を落としたこと、グレートヒェンが胎内に子供を宿していることを、知らされる。

ヴァルプルギスの夜

ヴァルプルギスの祭りは、ドイツの古くからの伝承の祭りで、四月三〇日から五月一日にかけての一夜、ハルツ山系のブロッケン山に、世界中から魔女たち、魑魅魍魎《ちみもうりょう》の族《やから》がやって来て、年に一度の猥雑などんちゃん騒ぎをやらかすと言われる。その時、魔女たちは熊手や、箒や、雄山羊の背中にのって、ブロッケン山へ、空中を飛来してやって来る。その夜は、谷も森も空気もざわめき、雲は峰から峰へと渦を巻いて飛んでいくという。魔女らは歌う。

箒には乗る、杖には乗る、
熊手《フォーク》には乗る、雄山羊には乗る。

ハルツのブロッケン山には、今も、「悪魔の説教壇」とか「魔女の祭壇」と呼ばれる大きな岩があり、やはりハルツのターレの山には「魔女の踊り場」と呼ばれる所がある。またブロッケン山は、「ブロッケン現象」で世界に知られているが、この現象は、人の前に霧がたち込め、背後で太陽の光が射すときに現象する。まわりに他の人がいようと、その霧にはただ自分の影だけが映り、それに手を振ると、霧に映る自分の影がそれに応える。私も日本の南アルプスの北岳の山頂でこれを経験した。

また、この山は、かつての東西ドイツの国境の山で、まだドイツが東西に分裂して相対峙していた一九八八年、つまりベルリンの壁崩壊の前年に、私はこの山を訪れた。しかし、当時は、東西ドイツの国境の山ということで、ここには軍事基地があり、近寄れないことになっていて、その時は、ブロッケン山の裾野をSLでただ縦走するのにとどまった。しかし、あたりには東西分割（東西冷戦）という時代の世相が醸し出す緊張感があり、それがかえってそういう伝説の世界の雰囲気を増幅させ、東西統一後に訪れた時よりも、この時の方がむしろおどろおどろしいものを感じた。今ここは、SLで一〇〇〇メートルのブロッケン山の頂上まで、一気にのぼりつめることができる観光ルートとなっているが、軍事施設が撤去された頂上付近は妙にあっけらかんとして、魔女伝説の雰囲気を殺いでいる感があった。しかしSLで行くハルツの山中は鬱蒼と針葉樹が生い茂り、今もヴァルプルギスの祭りを連想させる不気味な雰囲気に満ちて魅力的である。

ブロッケン山　山頂付近

グレートヒェンがおなかに子を宿して一人悶々と悩んでいる時に、メフィストは、ファウストの目をその現実からそらせるために、ブロッケン山の魑魅魍魎の祭りの世界へと誘う。しかし、その祭りへと向かうさ中、処刑されたグレートヒェンと思しき女性の予告的な幻影をファウストは見る。それが、このブロッケン山のみだらな、官能的な魔女の祭りをより不穏な、不吉なものにする。

ヴァルプルギスの夜の夢

この場面は、本筋から見れば、完全に脱線した場面であり、脇場面に属する。こういう場面で、しかし、ゲーテの遊び心が遺憾なく発揮される。この場面でゲーテは、当時のゲーテに敵対する文学者、あるいはゲーテにはなじまない思想家たちをヴァルプルギスの魔女たち魑魅魍魎の中に紛れ込ませ、彼らもまた魑魅魍魎の妖怪と同族だと言わんばっかりに、からかい、風刺している。読者もゲーテの世界で戯れればいいわけだが、当時の文学界、思想界に馴染みのない現代のわれわれには縁のない世界と言えなくもない。しかし、ゲーテが風刺し、からかう人物を通して、ゲーテが当時の思想界に対してどういう考え方をもっていたかを見ることができる。

しかし、祭りも終わり、夜も白み、魑魅魍魎の族はやがて消えうせていく。

なびく雲、流れる霧、
上より空の明るみて、
葉に、葦に、そよぐ風、
すべては散り失せぬ。

曇り日

メフィストと共に、ファウストがヴァルプルギスの夜に、魔女たち魑魅魍魎とどんちゃん騒ぎをしている間に、事態はどんどん進行し、グレートヒェンは捕えられて牢獄で処刑されるのを待つ身となっている。ヴァルプルギスの祭りに誘い出し、メフィストが事態の進行をファウストに隠していたということで、ファウストはメフィストに悪態をつく。それに対して、メフィストは、

彼女がなにも初めてではありませんよ。

と言って、せせら笑う。それに対して、ファウストは、

「彼女が初めてではない」とは！　何と惨めな。一人にとどまらず、それ以上の人間がこの悲惨の深みに陥らざるをえないとは、人間には理解できない惨めさだ。このただ一人の娘の悲惨を思うだけで、私の骨の髄と命がえぐられるようだ。ところが、おまえは幾千人の運命を冷ややかに見て笑っているのだな。

と言って、嘆く。人間の運命を量としてしか計算しないメフィストには、人間の一人一人の運命を実感として感じ取ることができない。かくて、悪魔はいくらでも人間の運命をないがしろにすることができる。しかし、悪魔の冷酷さを責めるファウストは、メフィストとどれだけ違っているのか。所詮、ファウストもまたグレートヒェンの運命を哀れみながら、命をかけて彼女を救うことができない。かくて、ファウストはメフィストにからかわれる。ファウストもメフィストと大同小異ではないのかと。今になってびびるなら、何故私と手を組んだんだとメフィストになじられる。そして、それに反論するすべはファウストにはない。メフィストは言う。

われわれと手を組みとおすことができないのに、どうしてあなたはそれを望んだのです？　空は飛びたいけれど、眩暈《めまい》は怖いというわけですか？　われわれがあなたのところに押しかけたのですか、それともあなたがわれわれのところに押しかけたのですか？

そして、ファウストは嘆くのみ。

私にふさわしい、私の心をも魂をも知り尽くしている偉大な、壮麗なる霊よ、なぜあなたは、人に災難をもたらし、人の破滅を喜ぶあの卑劣漢に私をあてがったのですか？

グレートヒェンを救う手立てを何とか講じろと、ファウストはメフィストに強要する。しかし、どこか、ファウストは及び腰ではないか、腰が引けていないか。

ただ、グレートヒェンが捕えられた牢獄の門番を眠らせて、見張りをするぐらいのことは自分にはできるとメフィストは請け合う。

夜　広　野

グレートヒェンを牢獄から救い出すために、ファウストとメフィストは、夜の闇の中を馬で疾駆して行くが、広場では、すでに悪霊たちがグレートヒェンの処刑の準備を行っている。それをファウストは幻視する。

牢　獄

牢獄に捕えられ、気のふれたグレートヒェンは、助けに来たファウストを死刑執行人と間違えて、怖れるばかりで、ファウストをファウストとして認識できずに騒ぎ立てる。

ファウスト　大きな声を出すと番人が起きるじゃないか！
（鎖をはずそうとして、それに手をかける）

マルガレーテ　（ひざまずいて）死刑執行人のあなたに
誰がそんな権利を与えたのです？
あなたは真夜中に私を連れ出そうとしている。
後生ですから、私をどうかもう少し生かしてください！
明日の朝早くでも遅くはないじゃありませんか？
（立ち上がる）
私はまだこんなに若いのに、
もう死ななければならない！
それに私はきれいだった。そのせいで私は死ななければならない。
あの人は近くにおられたのに、今は遠くに行ってしまわれた。
花嫁の冠がひきちぎられて、花もむしられてしまった。

力ずくで私をつかまないで下さい。
お願いです！　私があなたに何をしたというのですか？
こんなにお願いしてもだめですか？
私はあなたにお目にかかったことなんかないじゃないですか？

ファウスト　こんな悲惨にたえられようか！

マルガレーテ　あなたは私をどうされても結構です。
ただちょっとこの子にお乳をやらせてください。
今晩ずっとその子をあやしていたんです。
あの人たちはその子を私から取り上げて、私に意地悪したんです。
それにみんなは私がその子を殺したと言うの。
もう私に気の晴れることなんかありません。
みんなは私のことを嘲って歌うの！　意地の悪い人たちばかり！
昔のおとぎ話の終わりはみんなそうですわ。
誰がそんな風に歌わさせるの？

しかし、「グレートヒェン、グレートヒェン」と呼びかけるファウストの声に、かつての恋人、ファウストの声を認識し、一瞬、グレートヒェンは正気を取り戻す。

マルガレーテ　地獄のうなり声と物音の中から

意地悪な、悪魔の嘲りを通して
あのやさしい、愛する人の声が聞こえたわ。

助けようとするファウストにお構いなしに、ひたすらかつての自分を愛してくれたファウストの面影を追い求め、ファウストに抱きすがり、その愛をひたすら確認しようとする。しかし、気持ちの急くファウストにそのグレートヒェンの気持ちに応える余裕は無い。

マルガレーテ　（彼女は彼を抱く）
ああ、あなたの唇の冷たいこと。
それに何もおっしゃらない。
あなたの愛は
どこへ行ってしまったの？
誰が私からそれを奪ったの？

愛を認識できないファウストにグレートヒェンは自分を委ねることができない。しかも、逃げていくことに何の希望ももてないグレートヒェンはファウストの「逃げよう」という誘いに応じることができない。ただひたすら、自分が死なせてしまった赤ん坊、そして自分たちの逢瀬のためにあやまって死なせてしまった母親の面影を追い求める。

そして夜が白み、処刑の日が来たことを予知する精神の錯乱のなかにあるグレートヒェンの姿を見て、ファウストは慟哭する。

ファウスト　ああ、おれは生まれてこなければよかった！

急かせるメフィストに、精神の錯乱の中にありながらも、グレートヒェンは異質な存在をそばに認めて、

マルガレーテ　地面の底からわき上がってくるのは何です？
あれです！　あれです！　あれを私から去らして下さい！
この聖なる場所であれは何をしようというのでしょう？

メフィストの存在を認めたことによって、グレートヒェンの心は急旋回し、その心はひたすら神へと向かう。

マルガレーテ　私はあなたのものです。神様！　私をお救いください！
天使様！　聖なるあなた方で
私をどうか囲んでお守り下さい！

そして、ファウストの助けを拒否する。

マルガレーテ　ハインリヒ！　わたし、あなたが怖い。

メフィストを伴うファウストはグレートヒェンにとって恐怖以外のなにものでもない。
そして、メフィストは「この女は裁かれたのだ」と凱歌の声を上げる。ところが同時に、天からは「救われたの

だ」という声が聞こえる。
結局、ファウストはメフィストと共にこの場を立ち去る。「ハインリヒ！　ハインリヒ！」と、かつて恋人に対して用いた名前でグレートヒェンの呼びかける声が、逃げていく彼らの背後に響く。

三　グレートヒェン悲劇

(一)　フランクフルトの嬰児殺し事件

ファウスト第一部は、「学者悲劇」と「グレートヒェン悲劇」からなる。そしてこのグレートヒェン悲劇の素材は、ゲーテ自身の「フリーデリケ体験」と、ゲーテの故郷の街、フランクフルトでの嬰児殺し事件の二つからなる。フリーデリケ体験については、すでに十分、述べてきたので、ここでは触れることをしない。ただフランクフルトでの嬰児殺し事件について、ここで簡単に触れておく。

ゲーテがフリーデリケのもとを去って、一七七一年、シュトラースブルクから故郷のフランクフルトに帰った直後、フランクフルトの居酒屋で働いていた娘、スザンナ・マルガレータ・ブラントが未婚のまま子供を宿し、生まれ落ちた嬰児の処置に困り、その子を死に至らしめたかどで、フランクフルトの市民の面前で公開処刑されるというショッキングな事件があった。フリーデリケを捨てて、フランクフルトに帰ってきた直後でもあり、この事件に震撼させられたゲーテは、新進の青年弁護士として、この事件に関心を持ち、丹念に裁判記録を調べ上げた。その調査結果が、グレートヒェン悲劇に反映されている。

このスザンナ・マルガレータ・ブラントの場合、恋人との性的交渉を通じて妊娠したのではなく、その旅館を兼

ゲーテ自身の「フリーデリケ体験」であった。

フランクフルトのローマー広場

ねていた居酒屋にたまたま宿泊していた客の青年に眠り薬の入った酒を飲まされ、意識を失った上で体を奪われた結果、妊娠をさせられたものだった。妊娠をしたことを知られれば、雇われ人として仕事もできなくなるため、解雇されることを恐れたスザンナはそれを隠し、産み落とした嬰児をやむなく殺してしまう。

弁護に立った弁護士シャーフは、スザンナは、犯罪者であるというよりも、むしろ行きずりの青年の情欲の犠牲になった女性として、被害者であって、その罪は大いに情状酌量されるべきであることを訴え、減刑、恩赦を願ったが、厳格に法律に照らして裁かれるべきであるという主張が勝ち、スザンナは公開処刑され、首をはねられた。この事件の詳細については、大澤武男氏の『「ファウスト」と嬰児殺し』(新潮選書)と題する優れた研究書があるので、関心のある方はそれを参考にされたい。

しかし、物語の設定は「フランクフルトでの嬰児殺し事件」に題材を得ているが、「グレートヒェン悲劇」の本質はあくまでも

(二)　ファウスト的なるもの

その「フリーデリケ体験」のゲーテにとっての意義は、エントゥジアスムスの覚醒にあった。R・Ch・ツィンマーマンは、若きゲーテの言動と作品の源泉を無制約・無際限な情熱としてのこのエントゥジアスムスに帰しておられることはすでに見てきたとおりである。そしてその情熱の悲劇的な相の一端は、ヴェルターにおいて示される。この情熱の悲劇の不可避性は、その情熱の出口のなさ、その不毛性にあった。

そして、ファウストもまたエントゥジアストであり、彼もまたそのエントゥジアスティッシュな情熱の渇望ゆえに、まわりの世界の相対性に悩む。彼は世界をその根源において捉えたいと願う。すなわち、「この世界を奥の奥で統べているもの」を知りたいと願う。しかし、学問を通しても、神秘体験を通しても、それはかなわなかった。神秘の書の地霊の印によって、地霊を呼び出し、一度は、世界の根源的な力を充全に把握し、それに一体化したかに見えながら、ファウストはその地霊の力に圧倒され、縮み上がってしまう。そして、不毛な時間へと突き戻される。

何を通しても世界を根源において捉えることができないことで、彼はエントゥジアストとしての自分に絶望する。かくて、彼は一度は死を望む。一切か無か、充溢か虚無か、そのいずれかを求めるのがエントゥジアストの運命である。この時点でファウストが死んでいたとしたら、ファウストの悲劇はエントゥジアストの悲劇としてのヴェルターの悲劇と本質的に変わらないことになっていたろう。

しかし、不本意な形であれ、ファウストは生を望む。とにもかくにも、一度はエントゥジアスムスを棚上げにする。瞬間の神的恍惚の無限性から疎外された今、彼は無限な世界を内なる世界に求めず、空間的な広がりの中で、自らの無制約な願望を満たそうとする。

この絶望したファウストの前にメフィストが登場する。ファウストの世界遍歴に先立って絶望したということが重要であり、人間にメフィストが忍び寄るのは、つねにかかる絶望した瞬間にほかならない。以後、ファウストには常にメフィストがついて離れない存在となる。

ここに、ヴェルターにはなかった心のトーンがファウストに響き始める。単なるエントゥジアストであることからは、ファウストの悲劇は生まれない。単なるエントゥジアスムスの悲劇は自己破滅としてのヴェルター的な悲劇であるにとどまる。しかし、**エントゥジアストが絶望し、そこから新たな歩みを開始するところ、そこにファウストの悲劇は始まる**。R・Ch・ツィンマーマンの「**ヴェルターの終わるところから、ファウストは始まる**」の言葉の意味するところはこのことである。そこから、グレートヒェンをも、他者をも巻き込んでいくファウストの悲劇が開始する。そこに、「ファウスト的なるもの」の悲劇の本質がある。

(三) メフィスト的なるもの

次に、「メフィスト的なるもの」の本性とは何であろうか。それは「絶望」にあった。絶望と悪魔的なものの相関性を、デンマークの思想家、ゼーレン・キェルケゴールは、その著、『死に至る病』の中で詳細に分析している。キェルケゴールによれば、絶望とは自分との亀裂・軋轢・分裂、自分自身との不調和から生じる。絶望している人間は、自分を受け入れることができない。自分が願うことが実現できない、自分が何かになれない、自分が人に認められない、自分は誰からも愛されない、等、絶望の形は様々であろうが、それらはつまるところ、自己が自己自身を受け入れることができないということに帰着する。何かへの絶望は、自分自身への絶望が別のかたちをとっているだけであって、何かへの絶望はつまるところ自己への絶望にほかならない。そして、それは自己への憎しみとなり、その腹いせが他者へと向けられる。自己を許容することができない者は他者をも許容することができない。言いかえれば、自分を愛することができない者は他者をも愛することができない。キェルケゴールは、その著『愛のわざ』の中で、自己関係は他者関係を規定すると言っている。自己を愛する者は他者を愛し、自己を認める者は他者を受け容れ、自己を認めることが出来ない者は他者をも愛することができない。自己愛には、正しい自己愛と間違った自己愛があり、正しい自己愛は、自分を全面的に受け入れ、マイナスの自分すらをも受け入れることができる。それに対して、間違った自己愛は、常に自分に都合のいい自分しか受け入れることができない。

間違った自己愛は、結局、自己を受け入れることができず、それがひいては、「悪魔的なもの」へとつながっていくと、キルケゴールは言う。この「悪魔的なもの」の特徴をグレートヒェンは見事に言い当てることができた。「いつも人を馬鹿にしている」「半分怒っている」「どんなことにも思いやりをもつことが無い」「どんな人も愛せない」と。このようなメフィスト的な本質はすべて、自己への怒り、自己への絶望に端を発している。故に、メフィスト自身が自らの本質を「否定して止まぬ霊」であると言って、さらにこう付け加える。「生じてきた一切のものは、どうせ滅びるんです。だから一切は生じてこないほうがましだったんです。そういうわけで、あなたがたが罪とか、破壊とか言っているもの、つまり悪と呼んでいるものの一切のもの、それがわたしの領分なんです」と。この「生じてきた一切のものは、どうせ滅びるんです」「何も生じてこないほうがましだった」という意識は絶望であり、ニヒリズムである。それ故に、悪魔は一切を破壊してもよいと考える。否定して止まぬ、破壊して止まぬ自己の正当化の根底には常に、かかる絶望があり、それが悪魔をして、そして悪魔にとりつかれた人間をして否定的な行為へと駆りたてていく。

そして、このメフィストをファウストが道連れとするが故に、そして、絶望が彼の意識の根底にあるが故に、彼は、この世の「世捨て人」であり、「この世の逃亡者」、「宿無し」たらざるをえない。それがひいてはグレートヒェンとの生活空間の相違を生み出し、グレートヒェンを捨てていく原因となりうるのである。

四 グレートヒェン的なるもの

メフィストの本質が絶望であるとするなら、その対極としてのグレートヒェンの本質は何か? それは、絶望の反対の希望であり、懐疑の反対の信仰である。

信仰と希望は同義である。いかなる絶望の淵にある時も希望を失わぬこと、それが信仰の要諦である。ドイツ語の glauben、英語の believe は、共に、信仰を意味すると同時に、信頼を意味する。ここでいう信仰とは、ただ単にキリスト教への信仰を意味しない。自分自身を信じ、他人を信じ、この世界を信じ、この世界の摂理を信じ、この世界を創造した神を信じること、それらは根本的に一つである。他人を信じない人間は自分を信じてはいない。自分を信じることができない人間はまた他人を信じることができない。常に信ずる気持ちを失わぬこと、信頼の思いを保持すること、希望を捨てないことが終始一貫してグレートヒェンを守る。

五 グレートヒェンの救済の論理

グレートヒェンのとった行動は、結果的には、嬰児殺しの罪を犯し、母親殺しの罪に加担している。もし、われわれが裁判官であったとしたら、陪審員であったとしたら、グレートヒェンをわれわれはいかに裁くであろうか。せいぜい情状酌量であり、有罪判決は必至であろう。ましてや、法の裁きが厳しかった一八世紀においては、「フランクフルトの嬰児殺し事件」でスザンナ・マルガレータ・ブラントが公開処刑で首をはねられたように、グレートヒェンに対する裁きは容赦のないものであった。この世の論理からすれば、裁かれて当然であった。

したがって、メフィストは凱歌を上げて最後に叫ぶ。

この女は裁かれたのだ。

実際、『初稿ファウスト』では、この勝ち誇ったメフィストの言葉で終わる。『初稿ファウスト』の段階では、ゲーテはこれ以上に出ることができなかった。『初稿ファウスト』は、徹底して悲劇で終わる。しかし、完成された『ファウスト』第一部の末尾では、一転して天上から新たな声が付け加わる。

メフィスト　この女は裁かれたのだ。

声（上から）　救われたのだ。

『初稿ファウスト』とは違って、完成された『ファウスト』では、ゲーテはグレートヒェンを救う立場に立っている。この世の論理では裁かれる。しかし、そこに天上の論理を介入させることによって、ゲーテはグレートヒェンを救済する（柴田翔著『ゲーテ「ファウスト」を読む』、参照）。

それでは、彼女を救ったこの天上の論理とは、何であろうか。いかなる論理が働いて、グレートヒェンは救われたのであろうか。彼女が無垢な魂であったからか？　彼女が徹底してファウストの罪を引き受けたその潔さのためなのか？　彼女が徹底して果敢なまでに同感的であったからなのか？「純粋な忘我的な愛はこの世にあっては例外である。グレートヒェンはそのような例外である」とは、R・Ch・ツィンマーマンの言葉である。それがわれわれを感動させる。哀憐の情をかきたてる。しかし、それさえも、情状酌量の余地を与えるだけで、救済の論理には直結しえない。彼女を救済した天上の論理を可能にしたものは一体何であったのだろうか？

それは、彼女の精神がメフィスト的精神とどこまでも異質であったこと、無縁であったことに尽きる。「彼女とは対極的な立場におかれているメフィストに対する反感が、周知のごとく、牢獄に至るまで、グレートヒェンを守り続けるのである」とR・Ch・ツィンマーマンは言っておられる。メフィストに対する反感、それは、希望、信仰を意味する。メフィスト的精神（絶望、懐疑）と対極であり続けたこと、それが、グレートヒェンの救済につながっていったとわれわれは見るべきである。希望・信仰を失わぬことが、彼女の愛を徹底して忘我的なものにし、同感的にし、彼女のエロスを完全なものとする。絶望を、懐疑を知らない欲望は人を愛することができる。悪魔的な打算、計算、出し惜しみがそこには働かない。メフィストにあるのは性的欲望だけであって、そこにエロスの働く余地はない。

いかなる悲惨の極みにあっても、希望を失わぬこと、それが信仰の要諦であって、救済の一切の論理はそこにある（『旧約聖書』の「ヨブ記」を見よ）。

グレートヒェンの希望と信仰の有りようのその見事な例証を、われわれはグレートヒェンの破滅の瞬間に見ることができる。

メフィスト　（外から現れて）行きましょう！　さもないと破滅ですぜ。
ただおずおず、ためらい、無駄口ばかり。
私の馬も身震いしていますぜ。
夜が明るんできました。

マルガレーテ　地面の底からわき上がってくるのは何です?
あれです！　あれです！　あれを私から去らして下さい！
この聖なる場所であれは何をしようというのでしょう?
ファウスト　君は生きるんだ！
マルガレーテ　神様、お裁き下さい！　私はあなたにお任せします！
メフィスト　さあ、私はあなたを置いていきますぜ。
マルガレーテ　私はあなたのものです。神様！　私をお救いください！
天使様！　聖なるあなた方で
私をどうか囲んでお守り下さい！

ここで、グレートヒェンの魂はその最も見事な輝きを見せる。メフィスト的精神をもって姑息に生き延びるよりも、たとえ自分の身は滅びようとも、絶対的な希望の中で（現世的な希望にありがちな、生半可な相対的な希望ではない）、絶対的な信仰の中で生を全うせんとする。そして、自らの精神を、神、そして天上的な世界に委ねる。それによって、グレートヒェンは「救われたのだ」。この世にあって、「悪魔的に絶望して姑息に生きながらえる」ことを拒否したがゆえに、天上の世界にあって、グレートヒェンは救われる。

たとえ、メフィストを随伴したファウストによって、牢獄から連れ出されて、生を永らえることができたとしても、グレートヒェンに精神的な救いはあったであろうか?　破滅こそが、むしろグレートヒェンにとっての魂の救いとなったはずである。

四　ファウストの救済

以上、われわれは、『ファウスト』に登場する三つの精神、すなわち、メフィストの精神、グレートヒェンの精神、ファウストの精神（エントゥジアスムス）の何たるかを見てきた。そして、グレートヒェンの救済がいかにして可能か。その救済の論理とは何かについて見てきた。

それでは、メフィストを随伴するファウスト的エントゥジアスムスに救いの可能性はありうるのであろうか？　グレートヒェンを自身の生の圏内に引きずり込み、グレートヒェンがそれまで生きてきた「小さな世界」を破壊し、そこにつつましく、平穏に、幸せに暮らしていたグレートヒェンをして嬰児殺しの罪を犯さしめ、母親殺しの罪に加担せしめ、グレートヒェンの兄を殺し、挙句の果てに牢獄にグレートヒェンを見捨てるこのファウストに一体救いの余地、可能性はあるのであろうか？　古今東西、『ファウスト』の論者によって、しばしばファウストはこの世においてのみならず、天上においても救われるべきではない、断じて裁かれるべきだとの見解は絶えることがなかった。にもかかわらず、ゲーテはファウストを救済する立場に立っている。「天上の序曲」において、ファウストの救済はすでに約束されたものであった。

ただ弁護するならば、かかるもろもろの罪はファウストによって意図的になされた罪とは言えない。たとえば、「ファウストは成程、グレートヒェンを誘惑はしている。しかし、彼女を欺いたわけではない。いずれにせよ、それは自分自身を欺いている以上に、彼女を欺いているわけではない」と、R・Ch・ツィンマーマンも言っておられる。

おお、怖がることはない！
言葉では言い表せない思いを
この眼に、この手に、言わせておくれ。
身を捧げるこの歓喜、
これは永遠でなければならぬ！
永遠だとも！　終わりがあるというなら絶望だ。
いやいや、終わりなどあるものか！

真実、ファウストはグレートヒェンに誠実たらんとしている。しかし、愛を誓うその言葉がすでにどこかおぼつかない。さらに、R・Ch・ツィンマーマンは言っておられる。「このエントゥジアストは何もわからずに行動している。しかも主観的には真っ正直に愛と献身の思いに満たされて、ファウストはここでは自らが欺かれた詐欺師である」と。「自らが欺かれた詐欺師」、そんな詐欺師が果たしてあるだろうか。

メフィストを随伴するファウストは、当初は、メフィスト的な眼差しをもってグレートヒェンに接近したことは事実である。メフィストに、「いやもう、立派な女たらしの話しようだ」「もうすっかりフランス人のような口のきようだ」と評される始末である。

しかし、やがてグレートヒェンの「単純さ」「無垢」「へりくだり」の精神に触れて、ファウストは、彼女の中に、「天使」「神々しい姿」を認め、彼女に対してエントゥジアスティッシュな憧れを抱いたことも事実であり、自らの彼女への思いが真正なものであると信じたことも事実であろう。

しかし、それは自分を欺いていたとも言える。だからこそ、その自分のグレートヒェンに対する思いに確信をもてないファウストは、真正な愛、永遠の愛を誓う鼻の先から、「永遠だとも！　終わりがあるなら絶望だ。いやいや、終わりなどあるものか！」と叫ばざるをえない。

彼には、いかなる一定の「生活圏」も「活動圏」もありえない。彼は本性的にこの世において「白けている（ernüchtert）」。彼はこの世からの「逃亡者」「世捨て人」「宿無し」にほかならない。意図的に、グレートヒェンを欺いたわけではなく、グレートヒェンと生活圏を異にする、あるいはグレートヒェンの属する「生活圏」の中にいないファウストが、彼女の生活圏に割って入って来たところにそもそもの誤りがあった。そこにファウストの罪の生じざるを得ない必然性があった。ファウストの罪は必然であった。しかし、必然であるような罪が果たしてあるだろうか。ゲーテが長くフリーデリケに罪の意識を感じながら、その罪の有りように釈然とせぬものを感じ続けたのは同じ理由からであった。

しかし、罪は罪であり、それは、エントゥジアストとしてのファウストの必然的な罪であった。それでは、このファウストの罪を灌《そそ》ぐものは何か？　それは、グレートヒェンの存在以外にはない。「ルシファー的な自己中心的な同情心のないものが登場してくればくるほど、なんとしてもそこにその対極となるものが必要となってくる」。「それがドラマの流れである」。「グレートヒェンは、おそらく若いゲーテのファウスト構想においてすでにやはり救済者の姿を取ったキリストの側に置かれるべきものであろう。この理念ははじめから既に考えられていた。すなわちメフィストはこの世の神の創造の足らざるところを補い、グレートヒェンとキリストの恩寵は天の裁きを前にして悪魔の業の穢れを灌ぐのである」とR・Ch・ツィンマーマンは言われる。

しかし、『初稿ファウスト』の段階ではまだ、グレートヒェンの救済も、ましてやファウストの救済も予感されこそすれ、前面に押し出されてはいない。完成された『ファウスト』においてはじめて、グレートヒェンの救済、そして「ファウスト救済」のテーマが前面に押し出されてくる。それを明確な形で示したのが、第一部完成時に書かれた「天上の序曲」であった。

メフィスト　実際、あいつは奇妙なやり方であなたに仕えていますね。
あの馬鹿の飲むもの、食べるもの、この世のものじゃない。
沸き立つ思いが彼を遠くへ駆りたてる。
彼も自分でその馬鹿さ加減が分っている、
天からは一等美しい星を、
地上からは極上の快楽を要求する。
近くのものも、遠くのものも
彼のざわめく胸を満たし、鎮めることはできないのです。

主　たとえ今は混乱しながら私に仕えているにしても、
やがては彼を澄み切った境地へと私は連れていく。
いつ木々に葉が茂り、いつ花と実がなるか
庭師はその時を知るではないか。

メフィスト　あなたは何を賭けます？
そろりそろりとやつを私の道に引きずり込むことを

お許し願えるなら、
私はその賭けに負けはしませんぜ！

主　彼が地上に生きている限りは、
おまえの好きなようにするがいい。
人間は努力する限り、迷うものだ。

メフィスト　そりゃー、有り難い、旦那。死人なんぞには
私は金輪際かかわりたくはありませんからね

……

主　よろしい、好きなようにするがいい！
彼の精神をその本源から（von seiner Urquelle）引き離し、
できるものなら、おまえの道で
彼を奈落へ引きずり込んでみるがいい。
やがておまえは恥じ入って、認めるはずだ。
盲いた衝動の中にあるときも、
よい人間は正しい道を忘れぬものだ、と。

ここでは天上の主である神からのファウストへの全面的な信頼が披瀝されている。しかし、それは何に対してな

のか？　彼の精神の本源に対して以外にはない。そして、そのファウスト的精神の本源とは何であるのか？　それは、R・Ch・ツィンマーマンが言われるところのエントゥジアスムス以外にはない。しかし、これこそがまた彼の悲劇の源泉ではなかったのか？　メフィスト的なものがそこに加わることで、それは彼を罪に追いやり、グレートヒェンを破滅に追いやった要因ではなかったのか？

にもかかわず、ゲーテは、主の言葉を通して、エントゥジアスムスの精神を肯定している。もちろん、エントゥジアスムスに試行錯誤は避けられず、誤りは不可欠である。主は、エントゥジアスムスの運命を予測して、メフィストにこう言っている。

> 好きなようにするがいい！　彼の精神をその**本源から**（von seiner Urquelle）引き離し、できるものなら、おまえの道で彼を奈落へ引きずり込んでみるがいい。

この主の言葉ではすでに、ファウストが奈落へ落ちていく運命も予測されている。しかし、同時に、主は言葉を付け加える。

> やがておまえは恥じ入って、認めるはずだ。盲いた衝動の中にあるときも、よい人間は正しい道を忘れぬものだ、と。

このように、主のエントゥジアストとしてのファウストに対する信頼には全く揺るぎがない。

悪魔の本性は絶望であった。そしてそれが人間に対して、誘惑という形を取るとき、それはまた人間を絶望へと引きずり込む。**人間の神的な努力**（Streben）、**向上心を絶望へと引き込み、それをなきものにし、あやふやなもの**

にし、つまらないものへと変質させていく。いかに努力をしようとも、どうせなるようにしかならないのだからという風に。

エントゥジアスムスに対しては、悪魔は、そのエントゥジアスティッシュな欲求を根こそぎにし、それをその「本源」から引き離す。あるいは、エントゥジアストとしての精神の本源を忘却せしめんとする。それによって、ファウストを「一切の高次なものを忘却した俗人」たらしめんとする。

最後にもう一度、ファウストとメフィストの契約の場面を想起していただきたい。

メフィスト　契約しなさい。そうすれば、生きている限りは、
あなたは喜んで私の術を堪能できます。
人間がかつて見たこともないようなものをあなたにご覧にいれましょう。
ファウスト　たかが悪魔風情に何を見せることができるというのだ?
高みを目指して努力する人間の精神が、
おまえらごときに理解されたためしがあるのか?
……
私がある瞬間にむかって、
「止まれ、おまえは美しい（素晴らしい）」と言ったら、
その時はおまえの鎖につながれよう。

そして、喜んで滅びよう。

ここでのメフィストの確信とは、自分が提供する魔術の力で、ファウストを飽食させ、満足させ、「高みを目ざして向上しようとする」精神、すなわちエントゥジアスティッシュな精神を根こそぎにし、忘却せしめることが可能であるという確信である。いかにファウストといえどもついには、悪魔が提供するものに満足し、飽食し、その瞬間に向かって、「止まれ、おまえは実に美しい（素晴らしい）Verweile dich, du bist so schön!」と言うに違いないとメフィストは確信している。

それに対して、ファウストはファウストで、「自分の自我の欲求に終点はないと信じている。だから彼は自分に終点というものがあったら、そのときは自分の負けだ。終点がなければ俺の勝ちだ。自分が敗北することは決してないと信じている」（柴田翔）。

そこで、「ファウストはまず一度、真に精神を失った社会の中に組み込まれ、簡単に得られる成功で釣られなければならない。彼は、愚かしい馬鹿どもが口をぽかんと開けて混乱している様を見て、悪魔の持つ優越感をたっぷり味わうことに満足を見出すようなことがあるかどうか」（R・Ch・ツィンマーマン）が試される。それが「アウエルバッハの酒場」の場面であった。しかし、ファウストのエントゥジアスムスの精神はそんなに底の浅いものではなかった。まもなくファウストは辟易して言う、「行こう」と。「このメフィストの最初の洗脳は失敗に帰する。徹頭徹尾神的でないものは、大袈裟に言うならば、エントゥジアストには何の感興も引き起こさない。……ファウストのエントゥジアスムスは真正かつ本物であることをわれわれは確信すべきである」（R・Ch・ツィンマーマン）。

あるいは、ストーカーまがいに、グレートヒェンの部屋に忍び込んだファウストは、彼女の部屋の清浄な雰囲気に触れて、たちまちにして、自らの態度を恥じ、彼には、グレートヒェンへのエントゥジアスティッシュな純な恋の感情が目覚めてくる。

しかし、ファウストにはエントゥジアスティッシュな精神と共に、メフィスト的な「エゴイスティッシュな本性」が伴なっていたことをわれわれは忘れてはならない。その二つの本性がファウストの魂を切り裂く。「ああ、おれの胸には二つの魂が住んでいる」という心の叫びの根源はここにある。精神の高みを目ざし、神的なものの恍惚に酔うファウストと、神の充溢の酩酊から醒め、高みを目ざすことを放棄したファウスト、恍惚とするファウストと、それに対して白けたファウスト、つまりエントゥジアスティッシュな恍惚から醒めたファウストの、この二面性の中で、ファウストの魂は二つに切り裂かれる。エントゥジアスティッシュな本性が曇るとき、グレートヒェンへの愛は卑俗な欲望の虜となる。

そのような二つの本性に引き裂かれ、ついには、メフィスト的な本性に引きずられ、自己をもグレートヒェンをも破滅に追いやるファウストは、グレートヒェンの破滅の瞬間に、「おれは生まれてこなければよかった」と叫ばずにはおれない。これは同時に、エントゥジアストとしてのファウストの破滅の瞬間であるかに見える。メフィストは、見事、ファウストを「魂の本源」から切り離したかのように見える。

それでは、この奈落の淵に沈むエントゥジアストとしてのファウストを、その魂の本源、「高みを目ざす」精神へと引き戻す力、引き上げる力はどこにあったのか？　それはグレートヒェン以外にはない。

グレートヒェンにとって懐かしいファウストは、たえず精神の高みを目ざすエントゥジアストとしてのファウストであり、そういうファウストに向かって、グレートヒェンは「ハインリヒ！」と呼びかける。グレートヒェンはファウストのことを「いい方」、「本当にいい方」と呼び、ファウストに対して「あなたの腕に抱かれていると、私は心から楽しい」、あたたかい気持になると言う。このグレートヒェンの言葉は見事、「天上の序曲」での、主である神がファウストのことを「よい人間」と言っていた言葉に対応する。

Ｒ・Ch・ツィンマーマンは言われる。「グレートヒェンにとっては、二つの本性にはなんらの架け橋となるものがないこと、すなわち無限の愛の感情に耽溺する現実のファウストとルシファー的な地上的、利己的な制限を個性化している助言者メフィストとの違いはあまりにも歴然としている」。「グレートヒェンがファウストの人物風体を詳しく述べる際にも、彼女は家への帰途であつかましくも言い寄ってきたファウストについては触れていない」。このように、グレートヒェンはメフィスト的な風体のファウストを一切眼中におかない。グレートヒェンは自らの破滅の瞬間にあっても、ファウストの二面性を截然として区別し、懐かしい「ハインリヒ」の面影のみを追い求める。グレートヒェンの破滅の瞬間をもう一度、われわれは思い起こそう。

ファウスト　（声高に）グレートヒェン！　グレートヒェン！
マルガレーテ　（耳をそばだてて）あの方の声だわ！
……
マルガレーテ　おそろしい地獄の物音のなかに、
意地のわるい悪魔の嘲りのなかに、
なつかしい、やさしいお声が、はっきりと聞こえたわ。
ファウスト　私だ！

マルガレーテ　あなただ！　ああ、もう一度言って！

（彼を抱きしめながら）

……

どうしたの？　もうキスをしてくださらないの？

私から離れているうちに

キスをお忘れになったの？

……

キスをして！

してくれないなら、私がするわ。

（彼女は彼を抱く）

ああ、あなたの唇の冷たいこと。

それに何もおっしゃらない。

あなたの愛は

どこへ行ってしまったの？

誰が私からそれを奪ったの？

この破滅の瞬間にあっても、グレートヒェンが求めるのはエントゥジアストとしてのファウストの面影のみであり、そして彼女はメフィストの相貌をもつファウストの助けを拒否し、自ら、あえて、破滅の中へ落ちていく。しかし、そのファウストを拒否した挙句にグレートヒェンが呼びかけるのは、やはりあの懐かしいファウスト、「ハインリヒ」である。

メフィスト　（ファウストに）さあ、こちらへ！
（ファウストと共に消える）
声（牢獄の中から、次第に小さく消えていきながら）ハインリヒ！　ハインリヒ！

この「ハインリヒ！」の呼び声は、「高きを目指す精神」たるエントゥジアスムスを喚起する呼び声ではなかろうか？

ルシファー的な、利己的な地上的精神へと常に転落していく危険性をもつエントゥジアスムスを常にその本来の「高きを目指す精神」として喚起して止まないものがグレートヒェンの呼び声の中にはある。

柴田翔氏が言われるように、ファウストの救済を可能にしたものの一つとして「忘却可能性」をわれわれは見落としてはならない。いつまでも自らの罪を忘れることができなければ、人間は立ち直ることができない。「どういう辛い経験をしても、それをすべて忘れて新しい生活に入っていく可能性が人間にはあるのだという、そういう忘却可能性が、『ファウスト』という作品の中心にはあります。それは、人間の道徳を超えた、『生命』の再生可能性への信頼です。忘れることが生を豊かにするのです」（柴田翔）。いかなる悲惨の極みにあっても、平然と忘却を可能にさせるゲーテの大胆さ、その肯定的精神がゲーテの文学を豊かにし、『ファウスト』を魅力あるものにしている。

第二部、第一幕の「風趣ある土地」の場面の忘却可能性を示唆する場面の安らぎに満ちた豊かさを見よ！　自らの罪を忘却の淵に沈めるファウストの大胆さは感動的ですらある。

したがって、「聖堂」の場面で、グレートヒェンの良心をこれでもかこれでもかと責めさいなむ霊の声を、ゲーテが「悪霊」と呼んでいるのは、故なきことではない。反省こそすれ、犯した罪にいつまでも拘泥することは、精神の立ち直りを不可能にさせ、人を絶望の淵に沈め、悪魔の術中に落とし入れる。忘却を可能にさせる精神に、われわれはゲーテの肯定的精神の現われを見て、そこに着目しなければならない。

人間の忘却可能性がファウストをして不死鳥のようにエントゥジアスムスの精神を蘇らせる。しかし、忘却は忘却であるにとどまり、そこには、エントゥジアスムスの悲劇を柴田翔氏が言われるところの「反悲劇」に転じさせる力はない。悲劇を反悲劇に転じさせる力、それは、グレートヒェンの忘我的な愛以外にはない。さらに、その忘我的な愛を全うせしめたのは、彼女の信仰、希望であった。もし、破滅の瞬間にグレートヒェンが絶望に身をゆだねていたとしたら、ファウストのエントゥジアスムスの救済はありえなかった。いかに人間が絶望の淵にあろうと、いかに自らの力をもってしては絶望的な状況を克服しえないにしても、なおかつ人間は絶望してはならない。それがグレートヒェン劇の力強いメッセージである。悪魔は人間を絶望へと誘惑する。しかし絶望してはならない。この絶望を拒否する強靭な意志がグレートヒェンをして最後まで悪魔を拒否せしめ、自らを救い、そしてファウストをも救済していく。

グレートヒェンがファウストへ恨みつらみの思いを残したとしたら、神への不信の念を残したとしたら、グレートヒェンの救済はおろか、ファウストの救済もありえなかったであろう。彼女自身が自らの信仰によって、絶望からわが身を救い、それによって、ファウストへの愛を全うしえたからこそ、グレートヒェンの愛がエントゥジアストとしてのファウストを救済するバネとなるのである。破滅の極みにあって、グレートヒェンは信仰に生き、それによって、彼女は天上の論理の世界に組み込まれ、救われる。と同時に、ファウストへの愛が全うされることによって、彼女はファウストの咎を自らに引き受け、ファウストをもまた天上の論理の中へ組み込んでいく。

したがって、『ファウスト』第二部の終りにおいて、グレートヒェンは「贖罪の女」と呼ばれ、ファウストを天上の世界へと導くよう、とりなしをはかる。

贖罪の女の一人（かつてグレートヒェンと呼ばれた女、身を寄せながら）

　身をかがめてくださいまし、
類いなき
光り輝く御方、
お顔を向けて、恵み深く私の幸せをご覧下さい。
かつて愛した人、
もはや曇りのないあの人が
帰ってきました。

……

高貴な霊の群に取り囲まれて、
あの新しい方はまだ何もわからないのです。

まだ新しい命を呼吸することができません。
すでに聖なる方々に似てまいりました。
御覧下さい、今地上の絆を脱ぎ捨てて
古い殻を破り始められました。
天界の衣装を身にまとって
そこからはすでに若々しい力が溢れてまいります!
彼にお教えすることをお許し下さい。
新しい日の光があの人にはまだまぶしいのです。

ファウストの救済の前提となったもの、それは、ファウストが何よりも自らの精神の本源であるエントゥジアストとしての「高みへと開かれた精神」から外れなかったことにある。地霊との出会いを契機として、ファウストは自らの力に絶望し、それをきっかけに、メフィストにつけ込ませる精神の間隙を作ったことは事実である。しかし、終始、ファウストには、メフィストとは異なる精神、すなわちエントゥジアスティッシュな精神が力強く脈々と流れていたことも事実である。『ファウスト』第二部の終わりで、次のような天使の言葉が付け加わる。

常に努力して励む(strebend sich bemühen)者を
私たちは救うことができます。
そして、この人には天上からの愛が
加わったのですから。

「努力して励む」（精神）とは、高みを目指す streben の精神である。そのファウストの高きを目指すエントゥジアスムスの精神に、天上からの愛が加わることで、ファウストの救済は完成する。

そして、その天上からの愛をとりなしたもの、それはグレートヒェンの愛であるが、それを可能にした要因は、グレートヒェンが絶対的な信仰に身をゆだねて自らを救ったことにあり、それによって、グレートヒェンがファウストへの忘我的な、無私なる愛を貫徹したことにある。そしてその愛とは、ファウストのエントゥジアスムスの持つ「自己離脱的な人間の中にある神的な部分の生命全体へと同感していく方向性」を「ルシファー的な部分の冷たく乾いた自分自身へと回帰していく方向性」から截然と区別する愛であり、それがあってはじめて、彼女のとりなしが可能となり、天上からの愛が可能となった。

ここで私には、高村光太郎が詩集『智恵子抄、その後』の「あの頃」で歌った詩句が思い出される。

人を信じることは人を救う。
かなり不良性のあったわたくしを
智恵子は頭から信じてかかった。
……
わたくしの猛獣性をさえ物ともしない
この天の族なる一女性の不可思議力に

無頼のわたくしは初めて自己の位置を知った。
信じることが一途な愛を全うさせる。そしてその智恵子の光太郎への一途な愛がまた、若き日の放蕩無頼の光太郎の心を救ったという。『智恵子抄』の詩群は、その光太郎の智恵子への感謝の思いから発した絶唱であった。
さらに、『ファウスト』第二部の「山狭」の場面で、天使によってこう歌われる。

いかなる天使も
内的に一つに絡み合った本性を
二つのものに
分けることはできません。
永遠の愛だけに
それができるのです。

ここで、「内的に一つに絡み合った本性を二つに分ける」とはどういうことであろうか。それはエントゥジアスティッシュな精神をエゴイスティッシュな精神から分けるということであろうが、それをなしうるのはそれらを截然と区別し、しかもそのファウスト的なエントゥジアスムスを絶対肯定し、その咎を引き受けていくグレートヒェン的な愛以外にはない。そしてそれはまた、自らの信仰と贖罪の行為を通してエントゥジアスムスのメフィスト的な一面性を購《あがな》い、絶えず転落の危険性をはらむエントゥジアスムスをその転落から救いとって高みへと引き上げていく愛と言うことができないであろうか。それをゲーテは「永遠の愛」(die ewige Liebe) と呼んでいる。そして、その末尾においてさらにこう歌われる。

永遠に女性的なるもの、
われらを高みへと引きゆく。

ゲーテの人生においても、ファウスト的なエントゥジアスティッシュな精神を貫くことで、多かれ少なかれ、グレートヒェン悲劇のような極端な例はないにしても、彼が犠牲を強い、そしてその咎を引き受けていった女性がいたことは確かであろう。フリーデリケ・ブリオンもまたその一人であった。しかし、ここで言う「永遠に女性的なるもの」という言葉に具体的な女性の名前を思い浮かべる必要はない。むしろ、抽象的に、男性特有のエントゥジアスティッシュな欲求に不可欠な咎を引き受けていく、普遍的に女性的なるものの本性を「永遠に女性的なるもの」(das Ewigweibliche)」という言葉によって、ゲーテはシンボライズしているのではなかろうか。この女性的なるもの、母性的なるもののイメージ、そしてそれはまた聖母のイメージにつながっていくものであろうが、そのようなイメージを通して、日常的な次元を越えていこうとするエントゥジアスティッシュな男性に固有の渇望は癒され、また高められていく。そしてそこに「グレートヒェン的な愛」を普遍化したものとしての「永遠に女性的なるもの」のゲーテにとっての意義があった。

あとがき

この本は、大学での講義録のメモを文章化して、一冊にまとめたものである。これまでに無数とも言えるほどに、ゲーテに関する本が出版されているにもかかわらず、あえて上梓するに及んだのは、ゲーテに関する精緻な文献学的な研究書は多々見られるし、ゲーテの生涯をつづった書物は無数に見られるが、ゲーテの愛の本質に深く、哲学的な視点から言及した書物は少ないのではないかと思ったからであった。テキストとしては、『詩と真実』、『若きヴェルターの悩み』、『ファウスト』第一部を中心とした。そういったテキストを通して、一貫して見られるゲーテの愛の本質、その精神の構造に迫ろうと考えた。その解釈において、大いに影響を受けたのは、ホーエンシュタインの『ゲーテ』であり、私がドイツでお世話になったロルフ・クリスティアン・ツィンマーマンの『若きゲーテの世界観』であった。さらに、高橋健二氏の『若きゲーテ　評伝』、柴田翔氏の『ゲーテ「ファウスト」を読む』もまた浅学の私としては教えられるところが多かったことを、ここに感謝の思いと共に記しておきたい。テキストに即しながら解釈を加えていくという体裁をとったために、どうしてもテキストからの引用文が多くなった。引用文はオリジナルな訳を心がけたが、『ファウスト』については、翻訳の名手であられた手塚富雄氏のこなれた訳がしばしば耳に残り、どうしてもオリジナルな味を出すことが困難な箇所もあった。氏の訳業の素晴らしさにあらためて感嘆せざるをえない。ゲーテ離れが著しい昨今、このささやかな一冊が多少なりとも日本におけるゲーテ愛好の機運を再び盛り上げることに資するところがあることを、そしてまたいつの日か、『ゲーテ、老いらくの恋』といったタイトルの、晩年のゲーテの愛の新たな相に言及した書物を著す機会があることを願いつつ、ここに筆を置きたい。

最後に晃洋書房のスタッフの方々、特に編集その他に関して、窓口になって無理な注文を聞いていただいた丸井清泰氏にはお詫びと共にお礼を申し上げたいと思います。また、関西大学大学院独文科に在籍中の長男、溝井裕一には、最初の読者になってもらい、感想、アドヴァイスをいろいろともらったこと、それから本の装丁に関しても貴重な提案をもらったことをここに感謝したいと思います。

二〇〇四年五月三〇日

溝井　高志

Jahann Peter Eckermann: Gespräche mit Goethe. F. A. Brockhaus. Wiesbaden. 1978.

Friedrich August Hohenstein: Goethe. Die Pyramide. Wolfgang Jess Verlag in Dresden. 1929.

Rolf Christian Zimmermann: Das Weltbild des jungen Goethe. Band I, II. Wilhelm Fink Verlag. 1979.

Günther Müller: Kleine Goethebiographie. Athenäum Verlag. 1963.

Friedrich Gundolf: Goezhe. Bei Georg Bondi in Berlin. 1922.

Kurt Hildebrandt: Goethe, seine Weltweisheit im Gesamtwerk. Verlag Philipp Reclam Jun. 1942.

Richard Friedenthal: Goethe. Sein Leben und seine Zeit. R. Piper & Co. Verlag. 1974.

Georg Brandes: Goethe. Paul Franke Verlag. 1922.

Emil Staiger: Goethe 1749-1786. Artemis Verlag. 1978.

H. Reiss: Goethes Romane. Francke Verlag. 1963.

Raymond Matzen: Das Sesenheimer Liebesidyll. Morstadt Verlag. 1986.

Karl Wolf: Fausts Erlösung. Nest-Verlag. 1948.

Erich Franz: Mensch und Dämon. Max Niemeyer Verlag. 1953.

Albert Bielschowsky: The Life of Goethe. Ams Press. 1970.

Rudolf Steiner: Goethes Weltanschauung. Rudolf Steiner Verlag. 1963.

Sören Kierkegaard: Die Krankheit zum Tode. Eugen Diederichs Verlag. 1957.

Sören Kierkegaard: Der Liebe Tun. Eugen Diederichs Verlag, 1966.

丸山武男『ゲーテの自然感情——抒情詩を中心にして——』第三書房，1974年．

柴田翔『詩に映るゲーテの生涯』丸善，1996年．

藤井外輿『ゲーテの思想と自我の問題』東洋出版，1976年．

J. W. ゲーテ『ゲーテ　自然と象徴——自然科学論集——』高橋義人編訳，冨山房，1982年．

万足卓『ローマ悲歌』三修社，1983年．

小栗浩『「西東詩集」研究——その愛を中心として——』1972年．

ヴィルヘルム・ボーデ『若きゲーテの恋愛生活』常木実訳，朝日出版社，1978年．

高橋健二『ゲーテをめぐる女性たち』主婦の友社，1977年．

池内紀『ゲーテさん　こんばんは』集英社，2001年．

J. B. ラッセル『ルシファー　中世の悪魔』野村美紀子訳，教文館，1989年．

プラトン『饗宴』久保勉訳，岩波書店，1982年．

マルシーリオ・フィチーノ『恋の形而上学』左近司祥子訳，国文社，1985年．

坂井栄八郎『ドイツ歴史の旅』朝日出版社，1989年．

J. W. Goethe: Faust. (Goethes Werke, Hamburger Ausgabe. Band III), 1976.

J. W. Goethe: Urfaust. (Goethes Werke, Hamburger Ausgabe. Band III), 1976.

J. W. Goethe: Die Leiden des jungen Werther. (Goethes Werke, Hamburger Ausgabe. Band VI), 1977.

J. W. Goethe: Dichtung und Wahrheit (Goethes Werke, Hamburger Ausgabe Band IX), 1977.

J. W. Goethe: Gedichte und Epen. Erster Band. (Goethes Werke, Hamburger Ausgabe. Band I), 1974.

J. W. Goethe: Gedichte und Epen. Zweiter Band. (Goethes Werke, Hamburger Ausgabe. Band II), 1972.

J. W. Goethe: Wilhelm Meisters Lehrjahre. (Goethes Werke, Hamburger Ausgabe. Band VII), 1977.

J. W. Goethe: Wilhelm Meisters Wanderjahre. (Goethes Werke, Hamburger Ausgabe. Band VIII), 1977.

J. W. Goethe: Die Gedichte der Ausgabe letzter Hand. (Sämtliche Werke. Band I). Artemis Verlag. 1977.

J. W. Goethe: Leben und Welt in Briefen, zusammengestellt von Friedhelm Kemp. Carl Hanser Verlag. 1978.

引用および主として参考にした図書一覧

J. W. ゲーテ『ゲーテ全集』全12巻，人文書院.

J. W. ゲーテ『ゲーテ全集』全15巻，潮出版.

J. W. ゲーテ『ファウスト』第一部，第二部，手塚富雄訳，中央公論社，1992年.

J. W. ゲーテ『ファウスト』相良守峯訳，ダヴィッド社，1965年.

J. W. ゲーテ『ファウスト』第一部，第二部，池内紀訳，集英社，2000年.

J. W. ゲーテ『ファウスト』柴田翔訳，講談社，2000年.

J. W. ゲーテ『ファウスト』小西悟訳，大月書店，1999年.

J. W. ゲーテ『若きウェルテルの悩み』前田敬作訳，人文書院，1974年.

高橋義孝『ファウスト集注』郁文堂，1979年.

手塚富雄『手塚富雄全訳詩集』第一巻，角川書店，1971年.

J. W. ゲーテ『西東詩集』小牧健夫訳，岩波書店，1987年.

高橋健二『若いゲーテ　評伝』河出書房新社，1973年.

高橋健二『ヴァイマルのゲーテ　評伝』河出書房新社，1975年.

小栗浩『人間ゲーテ』岩波書店，1978年.

木村謹治『若きゲーテ研究』弘文堂書房，1940年.

茅野蕭々『ゲョエテ研究』第一書房，1933年.

木村直司『ゲーテ研究』南窓社，1976年.

手塚富雄『ゲーテ』(『人類の知的遺産』第45巻)，講談社，1986年.

柴田翔『「ファウスト」を読む』岩波書店，1985年.

長谷川つとむ『魔術師ファウストの転生』東京書籍，1983年.

小塩節『ファウスト　ヨーロッパ的人間の原型』日本 YMCA 同盟出版部，1975年.

道家忠道『ファウストとゲーテ』郁文堂，1979年.

木村謹治『ファウスト研究』弘文堂，1939年.

大澤武男『「ファウスト」と嬰児殺し』新潮社，1999年.

『ファウスト博士　付人形芝居ファウスト』(『ドイツ民衆本の世界』第 3 巻)，松浦純訳，1988年.

薗田宗人『峯々の対話――ゲーテをめぐる世界』松籟社，1993年.

芦津丈夫『ゲーテの自然体験』リブロポート，1988年.

《著者紹介》
溝 井 高 志（みぞい　たかし）
1946年　神戸市生まれ
1971年　同志社大学大学院文学研究科（哲学専攻）修士課程修了
現　在　阪南大学教授

訳　書
ルドルフ・シュタイナー『ゲーテの世界観』（晃洋書房，1995年）
論　文
「ゲーテの自然観――ゲーテの自然科学研究の意義について――（その１）」
（『阪南論集』人文・自然科学編，第34巻第３号，1999年）
「ゲーテの自然観――ゲーテの自然科学研究の意義について――（その２）」
（『阪南論集』人文・自然科学編，第35巻第１号，1999年）
「キェルケゴールの視点から見たゲーテのメフィスト観」（『同志社哲学年報』
第24号，2001年），他

ゲーテ，その愛
――「野ばら」から『ファウスト』の「グレートヒェン悲劇」まで――

2004年７月30日　初版第１刷発行　　＊定価はカバーに表示してあります

著者の了解により検印省略

著　者　溝　井　高　志
発行者　上　田　芳　樹
印刷者　江　戸　美知雄

発行所　株式会社　晃　洋　書　房
〒615-0026　京都市右京区西院北矢掛町７番地
電話　075(312)0788番(代)
振替口座　01040-6-32280

印刷　㈱エーシーティー
製本　酒 本 製 本 所

ISBN 4-7710-1583-X